Gotthelf Bergsträsser (Hg.)

Neuaramäische Märchen

und andere Texte aus Ma'lūla

Gotthelf Bergsträsser (Hg.)

Neuaramäische Märchen

und andere Texte aus Ma'lūla

ISBN/EAN: 9783862672776

Vorlage für diesen Nachdruck ist: Gotthelf Bergsträsser (Hg.): »Neuaramäische Märchen und andere Texte als Ma'lūla«, Brockhaus Verlag, Leipzig 1915. Da elektronische Druckvorlagen für diesen Titel nicht existieren, musste auf alte Vorlagen zurückgegriffen werden. Hieraus zwangsläufig resultierende Qualitätsverluste bitten wir zu entschuldigen.

Auflage: 1

Erscheinungsjahr: 2012

Erscheinungsort: Bremen, Deutschland

Europäischer Literaturverlag GmbH, Fahrenheitstr. 1, 28359 Bremen (www.elv-verlag.de).

Printed in Germany

Cover: Ausschnitt aus dem Gemälde »Malula«, © Ammhammad (wikimedia.org), Creative Commons Lizenz.

NEUARAMÄISCHE MÄRCHEN

UND ANDERE TEXTE

AUS MAʿLŪLA

IN DEUTSCHER ÜBERSETZUNG

HAUPTSÄCHLICH AUS DER SAMMLUNG
E. PRYM'S UND A. SOCIN'S

HERAUSGEGEBEN VON

G. BERGSTRÄSSER

GEDRUCKT MIT UNTERSTÜTZUNG VON SEITEN
DER WITWE E. PRYM'S, DER NACHKOMMEN A. SOCIN'S UND
MEHRERER SCHÜLER DES LETZTEREN

Leipzig 1915
In Kommission bei F. A. Brockhaus

DEM ANDENKEN

EUGEN PRYM'S

UND

ALBERT SOCIN'S

Inhalt.

	Nummer	Seite
Einleitung		IX
I. Sammlung Prym-Socin	1—28	1
A. Übersetzt von Prym	1—13	1
B. Übersetzt von Socin	14—28	47
II. Sammlung Stumme	29—33	99
III. Aus der Sammlung des Herausgebers	34—42	104

Einleitung.

Die hier in deutscher Übersetzung vorgelegten Märchen und anderen Texte, deren neuaramäisches Original gleichzeitig in derselben Sammlung erscheint, stammen von Bewohnern des Dorfes Maʻlūla im Antilibanos; die in Teil I enthaltenen sind von E. Prym und A. Socin im Jahre 1869, die in Teil II von H. Stumme im Jahre 1889, die in Teil III von mir im Jahre 1914 aufgenommen worden. Teil I bietet einen treuen Abdruck der in ziemlich druckfertigem Manuskript vorliegenden Übersetzungen Prym's und Socin's; geändert worden ist nur, wo im Manuskript eine Korrektur begonnen oder wenigstens angedeutet war. Abweichende Auffassungen habe ich, meist nur, wo schon der deutsche Text in sich, ohne Vergleich mit dem Original, bedenklich schien, in den Anmerkungen in eckigen Klammern [ ] geltend gemacht. Lücken in der Übersetzung habe ich ebenfalls in eckigen Klammern [ ] ergänzt; runde Klammern ( ) schließen Zusätze zum aramäischen Text ein. — Die Übersetzungen in Teil II und III stammen von mir; allerdings bot das Stumme'sche Manuskript an sehr vielen Stellen, oft sogar für ganze Zeilen, arabische Interlinearversion. Ich habe möglichst wortgetreu übersetzt, nicht, wie Prym und Socin, stilisiert, den Ausdruck abwechslungsreicher, die Erzählung fließender zu gestalten versucht; mir schien dadurch von dem ursprünglichen Charakter der Texte zu viel verloren zu gehen. Man kann ja gegen eine wörtliche Übersetzung volkstümlicher Erzählungen einwenden, daß sie auf den deutschen Leser jedenfalls einen ganz anderen Eindruck mache als das Original auf einen Hörer aus dem betreffenden Volk; aber das Postulat der Gleichheit des Eindrucks gilt doch nur für künstlerisch neugestaltende Übersetzungen, und dürfte außerdem bei dem ungeheuren geistigen Abstand zwischen einem Bauern oder Bäcker aus Maʻlūla und den deutschen Lesern, an die sich die vorliegende Ausgabe wendet, überhaupt nicht erfüllbar sein.

Auf die Beigabe eines sachlichen Kommentars mußte ich, da mir meine Einberufung zum Heeresdienst nicht genug freie Zeit ließ, verzichten; doch habe ich wenigstens die erklärenden Anmerkungen Prym's und Socin's revidiert und abgedruckt, — das Manuskript zeigt, daß nur ein kleiner Teil der geplanten Anmerkungen auch zur Ausarbeitung gekommen ist. Auch die in diesen Anmerkungen sich findenden Ansätze zu Hinweisen auf Parallelen in der arabischen und sonstigen Erzählungsliteratur habe ich nicht ausgebaut; Vollständigkeit war mir nicht erreichbar, und das auf der Hand Liegende zu notieren wäre zwecklos.

Die Ziffern am inneren Seitenrand bezeichnen Seiten und Zeilen des Textheftes.

Für alles Übrige verweise ich auf die Einleitung zum Textheft; nur möchte ich auch hier nicht verfehlen, unter dem Ausdruck aufrichtigen Dankes hervorzuheben, daß die ganze Veröffentlichung nur durch namhafte Spenden (über die Spender s. ganz speziell S. xxii jener Einleitung) möglich gemacht worden ist.

Feldfliegerabteilung 67,
z. Z. Infanteriewerk Tusch b. Graudenz, Juli 1915.

G. Bergsträßer.

I. Sammlung Prym-Socin.

A. Übersetzt von Prym.

1.

Es war einmal ein Holzhauer, der verdiente mit Holzhauen täglich einen Groschen und brachte dafür seinen Kindern Essen. Als er einst beim Backofen war, sah er einen, der Pasteten buk. Da dachte er: „Heute Abend will ich meinen Kindern auch Pasteten backen." Er tat das und brachte sie seinen Kindern nach Hause; da erklärte aber seine Frau: „Ich gebe sie den Kindern nicht zu essen, Gift hast du hineingetan; willst du meine Kinder töten?" Darüber gerieten sie mit einander in Streit, und der Mann verließ die Frau und die Kinder und ging auf die Heide. Er wanderte immer weiter, bis er ans Ufer des Meeres gelangte; dort traf er einen Derwisch, der sagte Beschwörungen her, bis das Meer sich öffnete. Dann ging er in dasselbe hinein, verweilte jedoch nicht lange, sondern kam wieder heraus. Nachdem er dann weggegangen war, blieb der Holzhauer noch eine Weile sitzen, darauf wandte auch er sich an das Meer und sagte: „Ich beschwöre dich, o Meer, wie dich beschworen hat der Derwisch." Da öffnete sich ihm das Meer, er stieg hinab und fand ein Mädchen, welches mit den Haaren an der Decke aufgehangen war. Die sagte: „Ich bitte dich, löse mich." Er löste sie, und dann befahl sie ihm, eine Schachtel aus der Wandnische mitzunehmen. Mit ihr flohen sie zum Meere hinaus. „Eile dich," mahnte sie, „eben kommt der Derwisch, wenn er uns sieht, so tötet er uns." Sie liefen weiter und trafen Pferdetreiber an, welche [1]gerade Baumwolle aufluden[1]. Zu denen sagte das Mädchen: „Ich bitte euch, tut etwas[2] Baumwolle beiseite und verbergt mich, dann werde ich euch den Futtersack voll Gold geben, und wenn der Derwisch kommt und euch fragt, ob ihr hier ein Mädchen habt vorübergehen sehen, so antwortet: Nein!" Darauf kam der Derwisch zu den Pferdetreibern und fragte sie: „Habt ihr irgend ein Mädchen

---

1 [B. geladen hatten].   2 [hier und im Folgenden: die].

gesehen?" Der Derwisch hatte das Mädchen gestohlen und wollte es heiraten, sie aber wollte nicht, und nun hatte der Holzhauer sie ihm weggeholt und hatte sie bei den Pferdetreibern verborgen, und wie nun der Derwisch kommt und die Pferdetreiber fragt, so sagen sie ihm, sie sei nicht bei ihnen; sie hatten Baumwolle beiseite getan und das Mädchen zwischen der Baumwolle versteckt. Darauf zogen sie weiter und gelangten zu einem Orte. In der Schachtel war ein Ring; was auch immer jemand von diesem Ringe verlangte, das gewährte er ihm. Da verlangte sie Goldstücke von ihm und gab sie den Pferdetreibern als Belohnung. Darauf baute sie sich eine Wohnung und kaufte Sklaven, die sie an die Türe setzte, indem sie ihnen befahl: „Wenn der Derwisch kommt, so laßt ihn nicht herein." Dann ließ sie eine Grube graben und eine Eisenplatte holen, stieg in die Grube hinab und bedeckte damit die Öffnung derselben. Hierauf ließ sie eine Sklavin kommen und sich ein Lager auf der Grubenöffnung bereiten und empfahl ihr an: „Wenn der Derwisch kommt, so laß nicht zu, daß er zu mir hinabsteige." Bald darauf kam der Derwisch und fragte die Sklavin: „Wo ist deine Herrin?" „Ich bin die Herrin," versetzte sie. Da ergriff er sein Schwert und hieb ihr den Kopf ab, dann entfernte er sie von der Grubenöffnung und stieg zu dem Mädchen hinunter. Als er aber seinen Kopf hinabstreckte, zückte sie das Schwert und rief: „O Gott, o heiliger Elias, erlöse mich von diesem Derwisch!" So tötete sie ihn. Hierauf stieg sie aus der Grube heraus. Gott und der heilige Elias hatten sie von dem Derwisch erlöst, und nun ist die Geschichte aus.

2.

Es war einmal eine Frau, die hatte keine Kinder; aber nach einiger Zeit ging eines Tages ein Arzt im Dorfe umher und bot eine Arznei an, durch die man guter Hoffnung werden könne. Da kam die Frau heraus und bat den Arzt, ihr das Mittel zu geben. Er tat dies, gab ihr jedoch den Rat, es nicht eher einzunehmen, als bis sie ein Bad genommen hätte. Sie legte das Mittel in die Wandnische und ging ins Bad. Unterdessen kam ihr Mann nach Hause und aß es auf. Als sie nun aus dem Bade zurückkam, fragte sie gleich: „Wo ist das Mittel, welches in der Wandnische war?" „Ich habe es gegessen," erwiderte der Mann. „Iihihi!" rief sie, „morgen[1] wirst du schwanger werden." In der Tat wurde der Mann schwanger und zwar an seiner Hüfte, und nachdem neun Monate vergangen waren, sagte die Frau zu ihm: „Die Leute spotten allenthalben über dich, Mann, und sagen: ‚Wird denn ein Mann schwanger?!' Jedoch mach dich auf und geh aufs Feld, dort schneide deine Hüfte auf und zieh das Kind heraus." Der Mann

---

1 [demnächst].

ging also aufs Feld, indem er ein Messer mitnahm, und als er dorthin gekommen war, schnitt er mit dem Messer seine Hüfte auf. Ein kleines Mädchen kam zur Welt, das ließ er dort im freien Felde, indem er selbst nach Hause ging.

Aber die Gazellen pflegten zu kommen, das Mädchen zu säugen, und gingen wieder weg und ließen es allein im Felde. So taten sie, bis es herangewachsen war. Da kamen eines Tages der Sohn des Sultans und der Sohn des Ministers, um zu jagen. Der Prinz ging vorauf und fand das Mädchen. Alsbald sagte er zum Sohne des Ministers: „All unsere Jagdbeute soll dein sein, aber diese hier ist für mich." Damit nahm er sie an sich und versteckte sie unter seinem Rock. Zu Hause bat er seine Mutter, sie möchte ihm das Mädchen erziehen, und als jene ihn fragte, woher er es habe, antwortete er: „Ich habe sie auf dem Felde gefunden, du sollst sie mir gut erziehen, ich will sie später zur Frau nehmen, freien." Die Mutter sagte ihm dies zu. — Darauf wollte der Prinz auf die Wallfahrt gehen, da empfahl er seiner Mutter an, sie möchte auf das Mädchen gut Acht haben, es nicht hungern und nicht unbekleidet lassen, vielmehr möchte sie ihm Kleider anfertigen lassen. Sie versprach dies, und der Prinz begab sich auf die Wallfahrt. Als aber die Zeit herannahte, daß er zurückkehren sollte, nahm die Mutter das Mädchen mit an den Fluß und setzte sich dort mit ihr zusammen an den Rand des Wassers. Darauf warf sie ihr Tüchlein mitten in den Fluß und befahl dem Mädchen, es wieder aus dem Wasser herauszufischen. Das Mädchen bog sich nach vorn und streckte seine Hand in den Fluß, um das Tüchlein zu ergreifen und aus dem Wasser herauszuziehen. Aber die Mutter des Prinzen, welche neben ihr saß, erhob ihre Hand und stieß sie mitten in das Wasser hinein. Das Wasser führte das Mädchen mit sich fort, die Mutter überließ es seinem Schicksal und ging nach Hause.

Das Wasser führte also das Mädchen mit sich fort, aber bald fand es inmitten desselben einen Baum, den umklammerte es mit den Händen, darauf stieg es aus dem Wasser hinaus und setzte sich in die Sonne. Nicht lange dauerte es, da kam eine, die rief: „Ich bitte dich, verbirg mich." „Wo soll ich dich denn verbergen?" fragte das Mädchen. „Wo immer du willst, und wenn einer kommt, der nach mir fragt, so sage ihm, du habest mich nicht gesehen, dann werde ich dich reich machen." Das Mädchen verbarg jene; bald kam auch einer, der nach jener fragte, welche das Mädchen gebeten hatte, sie zu verbergen. Als das Mädchen nun antwortete, es habe sie nicht gesehen, da barst er vor Wut. Das Mädchen aber hob einen Stein auf und zerschlug ihm damit den Kopf. Darauf kam jene, welche verborgen war, heraus und fragte: „Hast du ihm den Kopf zerschlagen?" „Ja freilich," erwiderte das Mädchen. „So verlange von mir, was du auch immer magst." „Ich wünsche," versetzte das Mädchen, „daß du mir Sklaven und Diener verschaffest und ein Schloß oberhalb des Schlosses des Prinzen." „So schließe

deine Augen und öffne sie wieder," befahl jene. Das Mädchen schloß
die Augen. Als sie sie wieder öffnete, fand sie sich von Dienern um-
geben, und sie hatte ein Schloß oberhalb des Schlosses des Prinzen,
und eine Weinlaube und Trauben [1]das ganze Jahr hindurch[1].

Als die Leute von der Wallfahrt zurückkehrten, ging jene
Frau, die Mutter des Prinzen, in den Hof, nahm ein Schaf und
schlachtete es. Darauf grub sie in dem Hofe eine Grube, begrub
darin das Schaf und baute ein Grab darüber. Als dann der Prinz
von der Wallfahrt kam und in den Hof trat, legte sie schöne
Kleider an und tat so, als ob sie jenes Mädchen wäre, welches
der Prinz gefunden hatte. „Wer bist du?" fragte sie der Prinz.
„Ich bin das Mädchen, welches du gefunden hast." „Wo ist denn
meine Mutter?" „Sie ist gestorben." „Hast du sie begraben?"
„Ich hatte nicht das Herz, sie draußen zu begraben, da habe ich
im Hofe ein Grab gegraben und sie dort begraben; komm, ich will
dir den Ort zeigen, wo ich sie begrub." Damit führte sie ihn an
den Ort, wo sie das Schaf vergraben hatte, und sagte: „Hier habe
ich deine Mutter begraben." Und das war Lüge; seine Mutter
hatte eine Intrige gegen ihn ins Werk gesetzt, infolgedessen er sie
für das Mädchen hielt, welches er gefunden hatte. Darauf ließ er
den Geistlichen kommen, und nachdem dieser sie eingesegnet hatte,
heiratete er jene, seine Mutter, von welcher er meinte, daß sie das
von ihm gefundene Mädchen wäre. — „Wir haben ja Nachbarn
bekommen," sagte er, als er das Schloß erblickte, das jenes Mädchen,
welches seine Mutter ins Wasser gestoßen hatte, sich oberhalb
seines eigenen Schlosses hatte bauen lassen.

Darauf wurde die Frau des Prinzen guter Hoffnung, und da
es bei ihrer neuen Nachbarin Trauben gab, so schickte sie eine
Sklavin — sie hatte eine Menge Sklaven und Sklavinnen — zu
dieser, indem sie ihr auftrug: „Geh zu meiner Nachbarin und sage
ihr: gib meiner Herrin eine Weintraube." Aber das Mädchen schnitt
der Sklavin die Zunge ab, so daß sie stumm zu ihrer Herrin zurückkehrte; ihre Zunge war abgeschnitten, und sie konnte nicht sprechen.
Zum andernmal schickte sie eine Sklavin, aber auch dieser schnitt
jene die Zunge ab, so daß sie nicht mehr zu sprechen vermochte.
Auch mit der folgenden, welche sie schickte, verfuhr sie ebenso,
wie mit jenen, so daß es nun drei waren. Die Frau schickte aber
immer weiter Sklavinnen, bis es zehn wurden. Ihnen allen schnitt
sie die Zunge ab. Jene schickte die Sklavinnen, damit sie für sie
um Trauben bäten, das Mädchen aber schnitt allen zehn Sklavinnen
die Zunge ab, und sie kamen mit abgeschnittenen Zungen zu ihrer
Herrin zurück und konnten nicht sprechen. Schließlich fragte der
Prinz seine Frau, ob sie denn nicht ein einziges Mal selbst zu der
Nachbarin gegangen sei, und als sie dies verneinte, sagte er: „So

---

1 oder: die dem Wechsel der Jahreszeiten nicht unterworfen waren. —
[außer der Zeit].

geh' doch zu ihr, begrüße sie und bleibe ein wenig bei ihr sitzen;
dann wird sie dir wohl einen Teller Trauben vorsetzen, denn sie
hat Trauben dort, obgleich es Winter ist, das ganze Jahr." „So
laß uns zusammen zu ihr hinaufgehen," versetzte die Frau. Sie
gingen also zusammen zu ihrer Nachbarin und nahmen auf dem
Sofa Platz. Diese legte ihnen zwei Kissen in den Rücken, dann
ließ sie ihnen eine Wasserpfeife zurechtmachen und den Kopf derselben füllen. Auch eine zweite ließ sie ihnen zurechtmachen,
schließlich eine dritte, und noch immer wartete sie, daß sie ihnen
Trauben vorsetzen möchte, aber sie setzte ihnen keine vor. Endlich
gab die Frau ihrem Manne einen Wink, er möchte aufstehen, sie
wollten gehen. Da sagte das Mädchen: „Klebe, Kissen, an ihrem
Rücken und laß nicht zu, daß sie aufsteht und ihre Nachbarin ver-
läßt." Wie sie sich nun anschickte aufzustehen, da klebte ihr
Rücken an dem Kissen fest, und sie blieb sitzen. Nun wandte
sich der Prinz zu der Nachbarin und sagte: „Deiner Nachbarin ist
in den Sinn gekommen, sie möchte einen Teller Trauben von dir
haben." „Ja, wahrhaftig," versetzte nun das Mädchen, „meine Mutter
wünschte mich, und mein Vater ging schwanger mit mir, und ins
Feld brachte er mich, und die Gazellen kamen mich säugen, des
Sultans Sohn fand mich und unter der Schleppe seines Rockes
verbarg er mich; seine Mutter ist guter Hoffnung von ihm, und
ich soll ihr Trauben geben als mein Geschenk?!" Der Prinz verstand sie, aber er fragte: „Was soll das bedeuten, Nachbarin, was
du da redest?" „Aber was denkst du denn?" erwiderte sie. „Das
ist deine Mutter, und nicht das Mädchen, welches du gefunden
hattest." „Aber wo ist denn das Mädchen, welches ich gefunden
habe?" „Das bin ich." „Und meine Mutter?" „Ist diese, welche
sich stellt, als ob sie das Mädchen wäre, und die du zur Frau
genommen hast; das Mädchen, welches du gefunden hast, bin ich."
„Aber wer hat dich hierher gebracht?" fragte der Prinz. „Deine
Mutter nahm mich mit ans Wasser und ließ mich am Ufer sitzen,
darauf warf sie ihr Tüchlein mitten in das Wasser und befahl mir,
es aus demselben herauszuholen; als ich aber nach ihm langte, um
es aus dem Wasser zu ziehen, da stieß sie mich ins Wasser, und
das Wasser nahm mich mit sich fort, bis ich in ihm einen Baum
antraf, an den ich mich mit meinen Händen anklammerte, so daß
ich aus dem Wasser hinausgehn konnte; und so ließ Gott mich
aus ihm herausgehn." Nachdem das Mädchen dem Prinzen erzählt
hatte, was seine Mutter an ihr verübt hatte, ließ er in seiner
Residenz ausrufen: „Wer den Sohn des Sultans liebt, der bringe
Brennholz und Feuer." Da brachten die Einwohner der Stadt ihm
Holz und Feuer, und er zündete es an und setzte seine Mutter
mitten in das Feuer. Darauf ließ er das Mädchen kommen, hielt
um seine Hand an und ließ den Geistlichen holen; der traute ihm
das Mädchen an, und so heiratete er es, und sie lebten vergnügt
zusammen, und nun ist die Geschichte aus.

3.

Es war einmal ein Minister und ein Sultan, die saßen einst bei einander, taten Wasser in eine Schale und setzten sie aufs Feuer. Als nun das Wasser zu sieden anfing, fragte der Sultan den Minister: „Was sagt das Wasser, während es siedet?" Der antwortet: „Ich weiß es nicht." Aber jener befahl: „Du sollst mir erklären, was das Wasser bei seinem Sieden spricht." „O Herr," sagte der Minister, „woher sollte ich wissen, was es sagt?" „Einerlei," erwiderte er, „gib dir Mühe, und wenn du mir nicht berichten kannst, was es sagt, so lasse ich dir den Kopf abschlagen." Da bat er: „O Herr, so gib mir Frist." „Drei Tage sollst du haben, die will ich auf dich warten." Da machte der Minister sich auf und trieb sich in der Welt umher, damit er jemand fände, der ihm sagen könnte, was das Wasser beim Sieden spricht. So kam er auch zu dem Häuptling der Beduinen. Als er bei ihnen Platz genommen hatte, fragten sie ihn: „Was ist dir, Gast?" „Mir ist eine schwere Sache auferlegt worden," erwiderte er. „Was ist das denn für eine Sache?" fragten sie. Da erzählte er ihnen: „Ich saß mit dem Sultan zusammen, der tat Wasser in eine Schale und setzte sie aufs Feuer, darauf verlangte er von mir, ich solle ihm sagen, was das Wasser beim Sieden spricht, und wie ich ihm das nicht zu sagen wußte, drohte er mir, er würde mir den Kopf abschlagen lassen, wenn ich es ihm nicht sagte; jedoch gewährte er mir drei Tage Frist, welche er auf mich warten will; wenn ich ihm aber auch dann keine Antwort geben kann, so läßt er mir den Kopf abschlagen, und nun bin ich ratlos, was ich machen soll." Als der Minister den Beduinen diese Geschichte erzählt hatte, sagte der Häuptling: „Das ist leicht, mach' dir nur keine Sorge, sei guten Mutes und vergnügt." „Aber ich bitte dich, wie?" entgegnete er. „Ich habe ein Mädchen hier," fuhr jener fort, „die wird es dir mitteilen." „So laß sie zu mir kommen," bat er. Darauf führte er sie zu ihm, und als er es ihr erzählt hatte und sie fragte, was das Wasser beim Sieden sage, antwortete sie: „Recht geschieht mir, das Leid kommt von mir selbst; im Tale lief ich, und jedes Holz, welches von mir trank, mit seinem Feuer werde ich jetzt gebrannt."

Am andern Morgen brach der Minister aus dem Beduinenlager auf und begab sich zum Sultan. „Bringst du die Antwort?" fragte dieser. „Ich bringe sie," versetzte er. „So laß mich hören." „Herr," erwiderte er, „das Wasser sagt: ‚Recht geschieht mir, das Leid kommt von mir selbst; im Tale lief ich, und jedes Holz, welches von mir trank, mit seinem Feuer werde ich jetzt gebrannt.'" Als der Minister ihm diese Antwort mitgeteilt hatte, verlangte der Sultan, er solle ihm anzeigen, wer ihm das gesagt habe, und als er ihm darauf die Tochter des Beduinenhäuptlings nannte, forderte er ihn auf, ihn zu ihr zu führen. Sie machten sich daher auf den Weg zu den Beduinen und zu der, welche ihnen die Antwort gegeben hatte. Kaum waren sie dort angekommen, so fragte der Sultan den Minister: „Wo ist die, welche dir gedeutet hat, was das Wasser beim Sieden spricht?" „Dieses Mädchen ist es," versetzte jener. Da sagte der Sultan: „Ich will bei ihrem Vater um sie anhalten." Er hielt also bei ihrem Vater um sie an und fragte ihn, ob er ihm das Mädchen zur Frau geben wolle. Der aber erwiderte: „O Herr, der Sultan nimmt ein Beduinenmädchen?" „Ja freilich," antwortete er, „laß nur den Prediger kommen, damit er mir deine Tochter antraue." Man holte den Prediger, und dieser traute ihm das Beduinenmädchen an. Als er nun mit dem Mädchen zu Bette gegangen war, zog er sein Schwert aus der Scheide und legte es zwischen sich und das Mädchen. Dann schenkte er ihr eine Perlenschnur, befahl ihr jedoch, dieselbe nicht eher anzulegen, als bis sie ihm einen Sohn geboren habe. Ferner schenkte er ihr eine Schachtel voll Goldstücke, jedoch versiegelte er dieselbe mit seinem Siegelringe. Darauf verließ er sie.

Sie aber versammelte zwanzig Mädchen, zog ihnen Männerkleidung an und machte sie beritten. Dann brach sie auf und folgte dem Sultan. Dieser ließ sein Gefolge an einem Orte lagern, da ließ sie auch ihr Gefolge in einiger Entfernung davon lagern und verkleidete sich so, als wenn sie ein Mann wäre. Diesen Tag über lagerten sie dort. Der Sultan aber befahl dem Minister: „Rufe doch den Herren des Gefolges dort, damit wir uns ein wenig mit ihm unterhalten." Der Minister rief den Anführer — sie, das Mädchen, hatte sich so verkleidet, als wenn sie ein Mann und ihr Anführer wäre —, und sie begab sich zu ihm, wie ein Mann gekleidet. „Mein General," fragte der Sultan, „wohin reisest du?" „Auf Bagdad zu," war die Antwort. „So nimm Platz, wir wollen uns ein wenig unterhalten." Darauf schlug er vor: „Wir wollen mit einander Würfel spielen, und wer den andern besiegt, bekommt dessen Siegelring." Sie spielten also; und der vermeintliche General, das Mädchen, gewann und erhielt den Ring des Sultans. Sobald sie zu ihrem Gefolge zurückgekehrt war, öffnete sie jene Schachtel, welche er mit Goldstücken gefüllt hatte, und füllte sie mit Häcksel[1]. Dann versiegelte sie sie wieder mit seinem Ringe. Am folgenden Tage ging sie zum Sultan, nachdem sie Männerkleidung angelegt hatte, und sagte ihm: „Nimm den Ring, welchen ich dir gestern abgewonnen habe, ich gebe ihn dir zurück." Da schlug der Sultan vor: „Heute wollen wir so spielen: wenn du mich besiegst, so bekommst du eine Kebse von mir, und wenn ich gewinne, so bekomme ich eine Kebse von dir." Sie spielten, und der Sultan gewann. Als er sie nun aufforderte, ihm eine ihrer Kebsen zu geben, sagte sie: „Gedulde dich einen Augenblick, ich will zu meinem Gefolge gehn; du aber folge mir, und die Kebse, welche du haben willst, [2]werde ich dir zuführen[2]." Sie aber ging hin und zog die Männer-

---

1 [Spreu].   2 [die hole dir].

kleider aus, auch ließ sie zwei, drei Mädchen die Männerkleidung ablegen, und legte sich und ihnen Weiberkleidung an. Darauf kam der Sultan, und die Mädchen traten vor ihn, damit er sich die nähme, welche er wollte. Er wählte sie, denn sie gefiel ihm sehr. Nachdem er sie drei Nächte bei sich hatte schlafen lassen, sagte einer, der da bei ihm war: „O Herr, gib dem General seine Kebse zurück, er hat dir neulich deinen Ring abgewonnen und ihn nur eine Nacht bei sich behalten und ihn dir dann zurückgegeben; du dagegen hast seine Kebse nun schon drei Nächte bei dir, gib sie ihm zurück." Der Sultan erklärte sich damit einverstanden und schickte sie zurück, worauf der vermeintliche General mit seinem Gefolge aufbrach. Also die Beduinentochter, welche sich in den General verkleidet und dann, nachdem sie wieder Mädchenkleider angelegt hatte, sich in jene Kebse verwandelt hatte, die der Sultan wählte, kehrte mit ihrem Gefolge zu den Beduinen zurück. Dort ließ sie die Mädchen die Männerkleidung ablegen und wieder ihre gewöhnliche Kleidung, wie sie die Weiber tragen, anlegen.

Darauf wurde das Mädchen, die Beduinentochter, welche der Sultan zur Frau genommen hatte, guter Hoffnung und brachte einen Sohn zur Welt. Der wuchs heran und spielte mit den andern Knaben. Da ihm aber das Beduinenleben nicht gut bekam, so zog er nach Damaskus; vorher jedoch legte ihm seine Mutter die Perlenschnur, welche ihr der Sultan geschenkt hatte, um den Arm. Bald verbreitete sich dort der Ruf seiner Schönheit. Er verkaufte Rosinenscherbet, und die Leute kamen und gingen, um ihn sich anzuschauen. So hörte auch die Tochter des Königs[1] und die Tochter des Sultans von ihm und verabredete sich, mit einander hinzugehn und ihn sich anzuschauen. Sie stellten sich, als wenn sie ins Bad gehn wollten, gingen aber an seinem Laden vorüber, und da er ihnen ausnehmend gut gefiel, so luden sie ihn ein, den Abend bei ihnen zuzubringen. Er folgte dieser Einladung und brachte den Abend bei ihnen zu. Am folgenden Tage sagte der Sultan zum König: „Da ist einer in der Stadt, der verkauft Rosinenscherbet, und alle Leute gehen hin, ihn sich anzuschauen; komm, laß uns beide Derwischkleidung anlegen und heute bei ihm den Abend zubringen." Sie verkleideten sich also als Derwische und begaben sich am Abend zu ihm. Während sie sich mit ihm unterhielten, schickte die Tochter des Sultans eine Sklavin zu ihm mit dem Auftrage: „Meine Herrin läßt dir sagen, du möchtest den Abend bei ihnen zubringen; sonst würden sie zu dir kommen." Er antwortete: „Sage ihnen, bei mir seien Gäste." Als der Sultan und der König dieses Gespräch hörten, wurden sie sehr zornig und sagten einer zum andern: „Aber dieser! wir wollen ihm den Kopf abschlagen lassen! Soll er noch weiter zu unsern Mädchen gehn?"

Am folgenden Tage schickten der Sultan und der König nach

---

1 [so von hier an für ‚Minister‘].

35 ihm; der Sultan setzte sich auf seinen Thron, ließ den jungen
S. 8 Mann holen und befahl dem Scharfrichter, ihm den Kopf abzuschlagen. Sie zogen ihm seine Kleider aus, so daß er nur noch das Hemde anbehielt, und der Scharfrichter hob das Schwert in die Höhe und war gerade im Begriffe, ihm den Kopf abzuschlagen; da machte der junge Mann so[1] mit seiner Hand. Hierdurch fiel das Hemde vom Handgelenke aus den Arm hinauf und die Perlenschnur, welche seine Mutter ihm angelegt hatte, ward sichtbar. Sogleich erkannte der Sultan in ihr diejenige, welche er dem Beduinenmädchen gegeben hatte, und befahl dem Scharfrichter:
5 „Hebe deine Hand von ihm weg und schlage ihm den Kopf nicht ab." Darauf rief er den jungen Mann zu sich und fragte ihn: „Weh dir, mein Bursche, woher hast du diese Perlenschnur, welche sich an deinem Arme befindet?" „O Herr," erwiderte er, meine Mutter hat sie mir umgelegt." „Wo ist denn deine Mutter? Ich wünsche, daß du sie mir zeigest, damit ich sehe, woher sie die Perlenschnur hat, so daß sie sie dir um deinen Arm legen konnte."
10 „O Herr," versetzte er, „gewähre mir Sicherheit, so will ich meine Mutter holen gehn und wieder zu dir zurückkehren." „Ich gewähre dir Sicherheit," entgegnete der Sultan, „hole also deine Mutter und komm wieder her." Da begab sich der junge Mann zu seiner Mutter und fragte sie: „Woher hast du die Perlenschnur, welche du um meinen Arm gelegt hast?" „Weshalb fragst du das, mein Sohn?" erwiderte sie. „Der Sultan verlangt, daß du ihm aufwartest und ihm sagest, woher du sie hast; ich soll dich zu ihm bringen, damit du ihm aufwartest." Und er nahm seine Mutter
15 mit und kam zum Sultan zurück. Der redete sie gleich an: „Du sollst mir erzählen, woher du diese Perlenschnur hast." Sie erwiderte: „Bist du nicht selbst zum Häuptling der Beduinen gegangen und hast um seine Tochter angehalten?" „Ja freilich," versetzte er. „Und was hast du ihr geschenkt?" fragte sie weiter. „Ich schenkte ihr eine Perlenschnur und befahl ihr, sie nicht eher anzulegen, als bis sie mir einen Sohn geboren hätte; ferner schenkte ich ihr eine Schachtel mit Goldstücken." Da gab sie ihm die Schachtel und fragte: „Ist sie noch mit deinem Siegel versiegelt?" „Sie ist's,"
20 erwiderte er. „Und was hast du mir in sie hinein getan," fragte sie weiter, „Goldstücke oder Häcksel?" „Goldstücke," sagte er. „Aber es ist Häcksel darin; öffne sie nur, und laß uns sehen." Er öffnete die Schachtel, und es fand sich Häcksel darin. „Wie kommt das?" fragte er. Da erzählte sie: „An dem Tage, da du bei mir warst und um mich bei meinem Vater anhieltst und dann weggingst und mich verließest, da nahm ich eine Anzahl Mädchen, denen ich Männerkleidung anlegte und die ich beritten machte, und folgte
25 dir mit ihnen ins Feld, und verkleidete mich als einen General und

---

1 Die Erzählerin hob bei diesen Worten ihre Hand in die Höhe und legte sie mit der Außenfläche wie zum Schutze vor die Stirne.

ließ mein Gefolge in einiger Entfernung von dir lagern; dann schicktest du nach mir, und wir spielten zusammen Würfel; ich gewann und bekam deinen Ring, da öffnete ich die Schachtel, nahm die Goldstücke heraus, füllte sie mit Häcksel, versiegelte sie wieder und gab dir am andern Tage deinen Ring zurück. Darauf spielten wir wieder zusammen, und du schlugst vor, wenn ich gewänne, sollte ich deine Kebse bekommen, und wenn du gewännest, solltest du meine Kebse bekommen. Du gewannst und bekamst meine Kebse. Wer war nun die Kebse? Ich war die, welche du wähltest; habe ich nicht drei Tage bei dir zugebracht?" „Ja freilich," versetzte er. „Und dieser ist dein Sohn," schloß sie. Als sie das alles dem Sultan erzählt hatte, sagte er: „Aber dann ist ja meine Tochter die Schwester des jungen Mannes, und dieser ist mein Sohn, und was die Tochter des Königs angeht, so will ich die für ihn zur Frau begehren." Da hielt er für ihn um die Tochter des Königs an: dann ließ er den Geistlichen kommen, der traute sie, und darauf ließ er ihn und seine Mutter, das Beduinenmädchen, bei sich wohnen. Und nun ist die Geschichte aus.

4.

Es war einmal ein Holzhauer, der dachte: „Ich will aufs Feld gehen, damit ich irgend einen Baum finde, den ich zerhauen kann und dessen Holz ich heim bringe." Er ging also aufs Feld, fand einen Baum und hieb davon ab, nahm das Brennholz mit sich, um es zu verkaufen und seinen Kindern dafür Essen zu holen. So ging er fünf Tage lang; jeden Tag holte er im Werte von acht Groschen, bis nichts mehr von dem Baum da war und nur noch die Wurzeln übrig waren. Da dachte er: „Ich will noch einmal hingehen und die Wurzeln des Baumes holen." Als er nun damit beschäftigt war, die Wurzeln auszureissen, da öffnete sich plötzlich die Erde, und es erschien unter dem Boden eine Höhle an der Stelle, wo der Baum gewesen war. Er ging in die Höhle hinein und fand in ihr zwei Töpfe mit Goldstücken; da dachte er: „Wie soll ich sie nur aufladen? Ich will hingehen und meinen Nachbar rufen." Der Nachbar war sehr reich, während er arm war. Er ging also zu seinem Nachbar und sagte: „Lieber Nachbar, da ist im Feld ein Baum, zu dem ging ich, um Brennholz von ihm abzuschlagen; vier, fünf Tage holte ich Brennholz von ihm, bis schließlich nur noch seine Wurzeln übrig waren; nun ging ich gestern, um auch diese zu holen, und ich riß sie aus, bis daß nur noch eine einzige Wurzel blieb. Während ich nun damit beschäftigt war, auch diese auszureißen, öffnete sich die Erde und es erschien eine Höhle unter dem Boden. Ich stieg in dieselbe hinab und fand zwei Töpfe mit Goldstücken." So erzählte der Holzhauer seinem Nachbar. Dann fuhr er fort: „Nun bin ich gekommen, um dich zu rufen, Nachbar, wir wollen sie gemeinschaftlich holen." „Ja," sagte

dieser, „komm und zeige sie mir." Sie gingen also hin, damit er sie
ihm zeige. Als er ihm die Höhle gezeigt hatte und er die Töpfe mit
den Goldstücken gesehen hatte, sagte er: „Geh und hole etwas[1],
worin wir sie fortschaffen." Da holte er einen Doppelsack, und
sie schafften das Gold fort; vier Tage brauchten sie dazu. Darauf
sagte der Holzhauer: „Komm, laß es uns teilen, Nachbar." Jener
erwiderte: „Komm, wir wollen auch die Töpfe holen gehen, und
wenn wir dann zurückkommen, so wollen wir sie teilen." Jener
war damit einverstanden, und sie gingen zusammen zu der Höhle,
um auch die Töpfe zu holen. Der Holzhauer ging zuerst hinein
und lud einen Topf auf. Als er aber durch den Eingang der
Höhle wieder hinausgehen wollte, sagte der Nachbar: „Wohin gehst
du?" „Wir wollen doch die Töpfe und das Gold teilen gehen,"
antwortete er. „So willst du schon von hier weggehen?" „Ja
freilich, Nachbar." Da erklärte jener: „Ich werde dich hier töten."
„Ich bitte dich," versetzte der Nachbar, „ich habe das Gold gefunden und habe dich gerufen, um es mit dir zu teilen, und jetzt
willst du mich töten? Nimm das Gold alles, ich will nichts davon,
und du brauchst mir keinen Teil davon zu geben; nur töte mich
nicht, ich bin ein verheirateter Mann, ein Familienvater, und habe
kleine Kinder. Woher sollen sie zu essen bekommen, wenn du
mich tötest? Jeden Tag hole ich für sieben Groschen Brennholz,
um ihnen Nahrung zu verschaffen; du willst mich töten, woher
sollen sie dann zu essen bekommen? „Ich werde ihnen zu Essen
geben," erwiderte er. „So beschwöre ich dich bei deinem Halse,
meine Frau ist guter Hoffnung, und den Sohn, welchen sie bekommt,
sollt ihr den Sohn des Gekränkten nennen." Darauf warf jener
den Holzhauer zu Boden und schnitt ihm den Hals ab; dann ging
er nach Haus. Da kamen die Kinder jenes zu ihm und fragten
ihn: „Du bist mit userm Vater ins Feld gegangen, Nachbar; wo
ist unser Vater?" Er sagte, indem er sich an den ältesten Sohn
wandte: „Dein Vater ging, um Brennholz zu holen, da wurde er
im Felde krank und starb und hat mir euch anempfohlen, ich möchte
für euch sorgen." „Ja," antwortete der älteste Sohn, „so führe mich
dahin, wo du ihn begraben hast." Er aber versetzte: „Es ist ein
entfernter Ort, und was willst du dich noch quälen, dorthin zu
gehen? Er ist tot, und ich habe ihn begraben; Gott sei ihm gnädig."

Als jener den Holzhauer töten wollte, hatte dieser gesagt: „O
Gott, ich habe ihm nichts Böses getan; aber du, [2]Gott, bist groß,
du[2] mögest es wissen lassen den kleinen Gott[3]."

Darauf nach einiger Zeit gebar die Frau des Holzhauers einen
Sohn; da kam der Nachbar zu ihr und sagte: „Nachbarin, als mein
Nachbar auf dem Felde starb, da hat er mich bei meinem Halse
beschworen, daß, wenn du gebierst und einen Sohn bekommst, wir
ihn den Sohn des Gekränkten nennen sollen."

---

1 wörtlich: Gefäß, Gerät.   2 [der große Gott,].   3 d. h. den Sultan.

Nach einem Jahre überlegte der Mörder: „Ich bin bis jetzt noch nicht zu der Höhle gegangen, in welcher ich meinen Nachbar getötet habe; ich will sehen, was aus ihm geworden ist." Als er zu der Höhle kam, in der er seinen Nachbar ermordet hatte, fand er einen Rebstock und an ihm eine Weintraube. Die Trauben waren eine Augenweide, es gab nicht ihresgleichen. Da dachte er: „Ich will diese Trauben dem Sultan bringen, daß er sich daran erfreue." Er nahm ein weißes Tuch, brach die Traube ab und band sie in das Tuch; dann trug er sie zum Sultan und gab sie ihm und kehrte nach Hause zurück. Als sich die Leute[1] zerstreut hatten, nahm der Sultan das Tuch und band es auf; da fand er den Kopf eines Menschen darin. Alsbald ließ er den Mann holen und sagte: „Weh mir[2], was bringst du mir in dem Tuch?" „Herr," erwiderte er, „Gott verlängere dein Leben, ich brachte dir Trauben." „Woher brachtest du die Trauben?" „Es ist da eine Stelle, dahin bin ich gegangen und fand die Trauben und brachte sie dir." Der Sultan versetzte: „Was mag das für eine Stelle sein, zu der du gegangen bist? Es ist Winter, gibt es jetzt in den Weingärten Trauben? Es gibt keine; woher hast du nun diese Trauben, daß du sie mir bringen konntest?" „Herr," erwiderte er, „sie stehen an einem geschützten Ort." „Was ist denn ihr Ort? ein Haus?" „Nein, eine Höhle," versetzte er. Da holte ihm der Sultan das Tuch und sagte: „Ist das eine Traube oder ist das der Kopf eines Mannes?" „Herr, der Kopf eines Mannes." „Wie kommt es denn, daß du mir den Kopf eines Mannes bringst?" Er versetzte: „Herr, es war eine Traube." Aber der Sultan sagte: „Du sollst mir die Sache von Anfang an erzählen, du Verfluchter, sonst lasse ich dir den Kopf abschlagen. Erzähle mir von Anfang an, wie sich die Sache verhält." „Es ist aber nichts, Herr!" „Wenn nicht etwas wäre," versetzte der Sultan, „wie ginge es denn zu, daß bei dir Trauben erschienen sind und bei mir der Kopf eines Mannes? Du sollst mir deine Sache erzählen, wie sie sich verhält. Die Menschen kannst du belügen, aber den Sultan, kannst du den auch belügen? Jetzt sollst du da sitzen und mir von dem Kopf des Mannes erzählen, wie es sich damit verhält. Wenn du nicht etwas verbrochen hättest, so würde Gott dich nicht hierher geworfen haben, du Verfluchter; über dich haben nicht die Menschen Zeugnis abgelegt, Gott hat von dir Kunde gegeben. Jedoch erzähle mir die Sache, wie sie sich verhält." Da bat er: „So gewähre mir Gnade, Herr!" „Ich gewähre sie dir," sagte der Sultan, „erzähle!" Da erzählte er: „Ich hatte einen Nachbar, einen Holzhauer, der kam zu mir und sagte mir, er sei im Feld gewesen und habe von einem Baum Holz gehauen, bis von diesem nichts mehr übrig war, als die Wurzel, und wie er diese habe ausreißen wollen, da habe sich unter ihr eine Höhle gezeigt und in dieser habe er zwei

---

[1] welche beim Sultan waren.   [2] [dir].

15 Töpfe Gold gefunden. Darauf bat er mich, ich möchte mit ihm gehen, um dasselbe zu holen. Wir gingen also zusammen hin, es zu holen, und brachten das Gold in mein Haus. Darauf sagte er: ‚Wir wollen teilen, Nachbar.' Ich aber erwiderte: ‚Laß uns erst die Töpfe holen.' Ich ging also wieder mit ihm hin, um die Töpfe zu holen; als ich dort hingekommen war, verführte mich der Teufel, und ich ermordete meinen Nachbar." So erzählte der Mann 20 dem Sultan; dieser fragte ihn: „Als du ihn ermordetest, was hat er da gesagt?" Er hat gesagt: „Meine Frau ist guter Hoffnung, und ich beschwöre dich bei deinem Halse, daß du den Sohn, den sie bekommt, den Sohn des Gekränkten nennen sollst." „Und hat er außer diesem Worte nichts weiter gesagt?" fragte der Sultan. „Er hat noch ein zweites Wort gesprochen," versetzte er. „Was hat er denn gesagt?" „Er hat gesagt: ‚Gott, du, Gott, bist groß, du mögest es wissen lassen den kleinen Gott.'" [1]Da sagte der Sultan:[1] „Gott, an dessen Namen wir [2]geglaubt haben[2], hat an dem 25 Orte, an welchem dieser Mann getötet worden ist, einen Rebstock hervorsprossen lassen und es sind Weintrauben daran gewachsen, und er bringt sie zum Sultan, damit er es erfährt. Beim Sultan sind sie der Kopf des Mannes." Darauf ließ der Sultan den Scharfrichter holen und jenem Mann, der seinen Nachbar getötet hatte, den Kopf abschlagen. Dann schickte er Reiter und befahl ihnen, das Gold und alle Gegenstände, welche im Hause jenes Mannes waren, zu holen und sie den Kindern, deren Vater jener getötet 30 hatte, zu geben. Da holten jene das Gold und alle Gegenstände, welche im Hause desjenigen waren, welcher seinen Nachbar ermordet hatte, und gaben es den Söhnen des Ermordeten. Jeden seiner Söhne aber nannten die Leute den Sohn des Gekränkten. Und die Geschichte ist zu Ende.

5.

Es war einmal einer, der hatte drei Söhne und war sehr reich. Er verheiratete den ältesten Sohn, und der bekam Kinder. Darauf verheiratete er auch den zweiten Sohn, und es blieb nur noch der jüngste übrig. Diesen jüngsten liebte er sehr; er ließ ihn nicht 5 arbeiten noch irgend ein Geschäft besorgen; er hieß der schöne Josef. Die Brüder ärgerten sich über ihn und sagten zu einander: „Morgen wollen wir nicht aufs Feld gehn, wenn Josef nicht mit uns geht. Weshalb ist er so verwöhnt? Der Vater läßt ihn nicht arbeiten noch irgend ein Geschäft verrichten, nicht mit uns aufs Feld gehn noch zu den Gärten noch in die Weinberge. Wir gehen 10 morgen nirgendwohin, wenn er nicht mit uns geht." Am andern Morgen rief der Vater sie und fragte: „Was habt ihr, meine Söhne,

---

1 [Zusatz des Übersetzers; das Folgende ist in Wirklichkeit nicht Rede, sondern Bemerkung der Erzählerin.]   2 [glauben].

daß ihr nicht aufs Feld gegangen seid?" „Wir gehen nicht," erwiderten sie. „Weshalb denn nicht?" Da antworteten sie: „Unser ganzes Leben lang gehen wir und arbeiten für deinen Lebensunterhalt und arbeiten in deinen Gärten und deinen Weinbergen, aber jener dein Sohn arbeitet nichts, und doch liebst du ihn mehr als uns; wir werden nicht mehr arbeiten, wenn er nicht mit uns arbeitet." Da rief der Vater ihn und sagte: „Josef, auf, mein Sohn, geh' und arbeite heute mit deinen Brüdern." „Jawohl, Vater," versetzte er, „wie du willst." Die Brüder nahmen ihn also mit. Unterwegs sagte der eine der beiden Brüder zum andern: „Wir wollen ihn an irgend einen Ort führen, wo ein Brunnen ist, in den wollen wir ihn hineinwerfen." So gingen sie weiter, sie vorauf und er hinter ihnen drein. „Wohin gehen wir," fragte er die Brüder, „an einen entfernten Ort?" „Wir haben einen entfernt liegenden Weinberg," gaben sie ihm zur Antwort. Den ganzen Tag gingen sie weiter, bis sie an die Landstraße kamen, an welcher sich ein Brunnen befand. Sie ließen sich bei ihm nieder und ließen auch ihren Bruder sich setzen; darauf ergriffen sie ihn und warfen ihn in den Brunnen; dort ließen sie ihn und kehrten nach Hause zurück. Als sie am Abend zu ihrem Vater kamen, rief dieser: „Wo ist euer Bruder Josef?" „Er ist nur bis zur Hälfte des Weges mit gegangen," erwiderten sie, „und wir wissen nicht, wohin er gegangen ist. Ist er nicht zurückgekommen?" „Er ist nicht gekommen," sagte er. Er wartete bis zum folgenden Tage, aber der Junge kam nicht; noch einen weitern Tag wartete er, er kam nicht. So wurden es zehn Tage, und der Junge war noch immer nicht gekommen. Da fing der Vater an zu weinen, und weil er so viel weinte — denn er weinte bei Nacht und bei Tage —, so erblindeten seine Augen.

Auf jener Straße, an welcher der Brunnen lag, zog eine Karawane. Sie machten bei dem Brunnen Halt, und die Leute sagten: „Wer will in den Brunnen hinabsteigen, um uns den Eimer zu füllen?" Aber keiner wollte es tun. So saßen sie da und fingen an, mit einander zu streiten. Als der junge Mann, welcher im Brunen saß, den seine Brüder hinabgeworfen hatten, das hörte, rief er: „Werft den Eimer herunter, ich will euch schöpfen; streitet euch nicht." Da ließen sie den Eimer hinab, und er schöpfte, und die Leute der Karawanen zogen herauf, bis sie getrunken hatten und ihre Tiere, und sie ihre Schläuche gefüllt hatten. Dann riefen sie ihm zu: „Sollen wir dir den Eimer hinabwerfen, daß du zu uns hinaufsteigst, oder willst du da im Brunnen sitzen bleiben?" „Braucht ihr kein Wasser mehr?" fragte er. „Nein!" erwiderten sie. „Dann laßt den Eimer herunter und Seile, so will ich heraufkommen." Sie taten das, und als er hinaufgestiegen war, fragten sie ihn: „Wieviel Lohn wünschest du?" „Gebt mir, so viel ihr wollt," versetzte er. „Nein, verlange du." „Ich verlange nichts," erwiderte er. „Aber wie sollen wir es denn wissen?" Da sagte der Führer: „Sammelt für ihn, von jedem Mann fünf Piaster und für jedes Maultier fünf; er hat uns Gutes erwiesen, gebt ihm noch mehr." Sie sammelten also für ihn bei der Karawane, und es kamen tausend Piaster zusammen. Darauf sagten sie ihm; „Nimm diese tausend Piaster." Er erwiderte: „Gott vergelte es euch und lasse euch gesund zu euren Angehörigen gelangen." Darauf fragten sie: „Gehst du von hier in dieser Richtung oder in jener?" „Wohin geht ihr?" fragte er: „Wir gehen nach Bagdad." „So will ich mit euch gehen," sagte er. Da brachen sie zusammen auf und kamen nach Bagdad. Dort eröffneten die Leute der Karawane einen Handel und saßen da und verkauften.

Der junge Mann ging umher, um sich die Stadt anzusehen; da traf ihn der König und fragte ihn: „Aus welcher Gegend bist du, Mann?" „Aus der Gegend von Damaskus," erwiderte er. „Was willst du denn hier machen?" „Ich gehe umher und sehe mir die Stadt an." „Kehrst du in deine Heimat zurück, oder bleibst du hier wohnen?" „Ich will hier in der Stadt wohnen bleiben." Darauf fragte er ihn: „Willst du nicht als Diener bei mir eintreten?" „Wenn du mich willst, so will ich es tun." Als der König dies bejaht hatte, trat er bei ihm in Dienst. „Wie heißt du?" fragte er ihn. Er antwortete: „Der schöne Josef." Er wohnte nun bei ihm und besorgte ihm seine Geschäfte; da er aber von Gestalt und auch sonst ein schöner Mann war, so warf die Tochter des Königs ein Auge auf ihn und wünschte, ihn zu heiraten. Er aber wollte nicht, und die Königstochter wurde gegen ihn sehr aufgebracht. Nun hatte der König eine Truhe voll Goldstücke; die Tochter begab sich in der Nacht an den Ort, wo diese Truhe stand, brach sie auf und nahm das Gold daraus weg. Als der König am andern Morgen zu der Truhe ging, um Goldstücke herauszunehmen, fand er sie erbrochen. Da geriet er in Zorn und ließ die Leute verhaften und ins Gefängnis setzen und ließ sie schlagen und peinigen; aber er konnte nicht in Erfahrung bringen, wer das Gold genommen und die Kiste aufgebrochen hatte. Da kam seine Tochter zu ihm und sagte: „Du strafst diese Leute und läßt sie schlagen, sie aber haben die Truhe nicht erbrochen und das Gold nicht genommen." „Aber wer hat denn die Truhe erbrochen und das Gold genommen?" „Der schöne Josef, den du als Diener angenommen hast, hat die Truhe erbrochen." „Hast du selbst ihn gesehn?" „Ich habe ihn gesehen," erwiderte sie, „und habe ihm das Gold abgenommen." Sie war aufgebracht über ihn, weil er sie nicht heiraten wollte; deshalb warf sie diesen falschen Verdacht auf ihn. Der König ließ darauf die Leute aus dem Gefängnisse heraus und ließ Josef holen und ins Gefängnis setzen. Dort blieb er eine lange Zeit.

Einst träumte der König nachts: Sieben Stück Vieh, sehr fette Kühe, kamen auf ihn zu, und wiederum kamen auf ihn zu sieben schwache und elende Kühe, an denen nichts als Haut und

Knochen war, und sie kamen zu jenen fetten Kühen und fraßen sie auf. Als der König des andern Morgens aufgestanden war, versammelte er die Leute der ganzen Stadt und erzählte ihnen seinen Traum, aber er fand keinen, der ihm den Traum hätte auslegen und sagen können, was er bedeute. Da stieg er zu Pferde und ritt nach Stambul zum Sultan und erzählte ihnen dort den Traum; aber niemand wußte, was der Traum bedeuten sollte. Einen Monat lang zog er umher und erfuhr nichts, und niemand wußte etwas; mißmutig und betrübt kehrte er in seine Stadt Bagdad zurück und war in größter Verlegenheit, was wohl der Traum bedeuten möchte. Er fragte, ob niemand mehr in der Stadt übrig sei, der noch nicht zu ihm gekommen sei, daß er ihn nach jenem Traume frage. Da sagte einer: „Es ist nur noch der schöne Josef übrig, den du ins Gefängnis geworfen hast." „Ach," sagte er, „ich habe ja ganz vergessen, daß ich ihn ins Gefängnis habe werfen lassen; geht und holt ihn aus demselben heraus." Als sie ihn nun zu ihm gebracht hatten, fragte er: „Wie, Josef, du bist noch immer im Gefängnis? Ich hatte dich ganz vergessen." „Ihr habt mich fälschlich beschuldigt, Gott möge euch gnädig sein. Deine Tochter war aufgebracht über mich, weil ich sie nicht heiraten wollte, darum hat sie die Truhe aufgebrochen, das Gold genommen und behauptet, sie hätte es mir abgenommen." Der König erwiderte: „Verzeihe uns, Josef, diese Sache ist nun vergangen; aber ich möchte dir eine Frage vorlegen." „Was, mein König?" fragte er. „Ich schlief in der Nacht," erzählte der König, „da kamen sieben Kühe, große und sehr fette, und dann kamen sieben magere, an denen nichts als Haut und Knochen war." „O Herr," versetzte Josef, „es werden sieben gute Jahre kommen, und es wird viel Weizen wachsen, und Lebensmittel werden in diesen sieben Jahren reichlich vorhanden sein. Nach ihnen werden andere sieben Jahre kommen, da wird sehr große Dürre sein; und diese sieben dürren Jahre werden verzehren die sieben guten Jahre." „Ist das die Erklärung des Traumes?" fragte der König. „Ja," erwiderte er.

Und es kamen sieben sehr gute Jahre und es wuchs viel Weizen und er wurde sehr billig, und der König legte Vorräte davon an, bis daß er viel Weizen hatte, bis vorüber waren die sieben Jahre. Dann kam sieben Jahre lang Dürre; nie fiel mehr Regen, und es entstand kein Gewölk und es fiel kein Schnee und es wuchs kein Weizen und keine Saatfrucht. Und es entstand eine große Teuerung. Die Leute starben vor Hunger, und es gab nirgendwo Weizen, außer bei jenem König, der ihn aufgespeichert hatte, bei welchem der schöne Josef war. Nun ließ der König von diesem Weizen herausnehmen und verkaufen; den Josef bestellte er zum Kornmesser, und er maß denen, welche kauften, den Weizen zu. Aus der Gegend von Damaskus kamen sie in die Gegend von Bagdad, um Weizen zu kaufen an dem Orte, an welchem Josef sich befand. Auch seine Brüder kamen, welchen zu holen.

Sobald er sie erblickte, erkannte er sie, sie aber erkannten ihn nicht. Er maß ihnen Weizen zu, sie bezahlten ihm den Preis, dann ließen sie die Säcke, in welchen sich der Weizen befand, stehn und gingen sich die Stadt ansehen. Josef aber trat an die Säcke, band sie auf, wickelte das Geld, welches sie ihm gegeben hatten, in ein Tuch und warf es in die Säcke zwischen den Weizen. Als sie zurückkehrten, ließ er sie zu Abend speisen und versorgte sie mit Proviant. Darauf luden sie den Weizen auf und kehrten in ihre Heimat zurück. Er hatte sie erkannt, aber ihnen nicht gesagt, daß er ihr Bruder sei.

Als sie bei ihrem Vater eintrafen, fragte er sie: „Habt ihr Weizen gebracht, meine Söhne?" „Jawohl, Vater," erwiderten sie: „ach Vater, dieser Kornmesser, welcher den Weizen zumißt, ist ein sehr guter Mann, er kam uns entgegen, behandelte uns, wie es uns gebührt, ließ uns ein Abendessen bereiten und hat uns außerdem noch mit Proviant versorgt." „Ja, meine Söhne," antwortete er, „Gott beschere euch immer euren Unterhalt! Schüttet nun den Weizen aus, meßt nach und seht, ob er gut gemessen ist." Sie schütteten den Weizen aus den Säcken und maßen ihn; da kam das Tuch zum Vorschein. Sie betrachteten es und fanden das Geld, welches sie ihm gegeben hatten, darin eingewickelt. Da sagten sie: „Ach der Arme, dem Kornmesser ist da das Geld hineingefallen." Der Vater sagte: „Wenn ihr ein anderes Mal holen geht, meine Söhne, so gebt es ihm zurück." Nach einiger Zeit gingen sie wieder Weizen holen, und als sie zu ihm kamen, sagten sie: „Da hast du das Geld, welches du zwischen dem Weizen hast liegen lassen." Er nahm das Geld von ihnen an; darauf fragte er sie: „Habt ihr noch einen Vater?" „Wir haben noch einen," erwiderten sie, „aber er ist blind." „So nehmt dieses gestickte Tuch und gebt es ihm." Als sie nun mit dem Tuche und dem Weizen wieder zu ihrem Vater gekommen waren, fragte dieser sie: „Habt ihr ihm das Geld zurückgegeben?" „Ja, Vater, wir haben es ihm gegeben, und er hat dir dieses Tuch geschickt als ein Geschenk von ihm, indem er sagte, du möchtest deine Augen damit reiben." Wie er nun seine Augen damit rieb, wurden sie wieder sehend. Zum drittenmal zogen sie zu ihm und sagten: „Unser Vater war blind und hat seine Augen mit dem Tuche, welches du uns gegeben hast, gerieben, da wurde er wieder sehend; er läßt dir danken." Da sagte er: „Ich bin Josef, den ihr in den Brunnen geworfen habt." Da küßten sie ihn, und er küßte sie, und sie weinten und er weinte. Darauf sagte er: „Nehmt keinen Weizen mehr mit, sondern geht und holt euren Vater und holt eure Familien und eure Kinder und kommt hierher." Sie kehrten zu ihrem Vater zurück und sagten: „Vater, dieser Kornmesser ist unser Bruder Josef; er sagt, wir sollten dich holen und unsere Familien und unsere Kinder und sollten zu ihm kommen." Er erklärte sich damit einverstanden, und sie nahmen ihre Familien und ihre

Kinder und den Vater und zogen zu ihm hin. Als sie zu Josef kamen, ging dieser dem Vater entgegen und küßte seine Hand. Und der Vater weinte lange; dann sagte er: „Mein Sohn, du gingst zur Arbeit mit deinen Brüdern — früher ließ ich dich nie gehen —, da hast du dich in dies Land begeben und hast mich verlassen, so daß ich blind wurde wegen der Trennung von dir!" „Vater," versetzte er, „ich bitte, zürne nicht meinen Brüdern! Als ich mit ihnen aus unserem Dorfe ging und du mich mit ihnen zur Arbeit geschickt hattest, da warfen sie mich in einen Brunnen — aber sage ihnen nichts! Mit Hilfe einer Karawane, die in jene Gegend kam, konnte ich den Brunnen wieder verlassen und begab mich mit ihnen in dieses Land." Da erwiderte der Vater: „Dir zu Liebe werde ich den Brüdern nichts sagen." So lebten sie zusammen, bis der Vater starb; da kamen die Leute der Stadt und kondolierten dem Josef. Sieben Tage blieben sie bei ihm und weinten und klagten mit ihm. Darauf lebte er noch lange mit seinen Brüdern zusammen. [Und es ist aus.]

6.

Es war einmal eine Frau, die bekam keinen Sohn; da bat sie Gott, er möge ihr einen Sohn schenken, dann würde sie unter die Leute einen Topf Honig und einen Topf Butter verteilen. Darauf wurde sie schwanger und gebar einen Sohn, und dieser wuchs heran, aber sie verteilte nichts. Nun war da eine alte Frau, die sah den Jungen auf der Straße; da sagte sie zu ihm: „Sage deiner Mutter, sie solle das, was sie gelobt habe, einlösen, sonst versetze ich dir einen Schlag mit der Hand, daß ich dein Leben verkürze." Bis zum Abend aber hatte der Junge es vergessen. Als die Alte ihn wiederum antraf, fragte sie gleich: „Hast du es deiner Mutter gesagt, mein Sohn?" „Nein, ich habe es nicht gesagt." „So sage es ihr heute Abend." Aber er vergaß es wieder. Wiederum traf sie ihn auf der Straße und fragte: „Hast du es ihr gesagt?" „Ich habe es vergessen," erwiderte er. Da nahm sie zwei Steinchen von der Straße, steckte sie ihm in seinen Gürtel und sagte: „Steck diese beiden Steinchen in den Gürtel; am Abend, wenn du schlafen gehst, wirst du den Gürtel lösen, dann fallen die Steinchen, und du wirst dich erinnern, daß du es deiner Mutter sagen sollst." Als es nun Abend geworden war und der Junge sich schlafen legen wollte, löste er seinen Gürtel, und die Steinchen fielen heraus. Da sagte seine Mutter: „Was ist dir da gefallen, mein Sohn?" „Ach Mutter," sagte er, „es ist eine alte Frau, die begegnet mir seit drei Tagen auf der Straße, die sagte zu mir: ‚Sage deiner Mutter, sie solle das, was sie für dich gelobt hat, einlösen, sonst schlage ich dich mit der Hand, so daß ich dein Leben verkürze.' Und wenn ich am Abend nach Hause komme, so vergesse ich, es dir zu sagen. Heute hat sie mir diese Steinchen gegeben, damit ich

am Abend daran denken sollte, es dir zu sagen." „Ja freilich, mein Sohn," erwiderte sie, „ich habe es vergessen, daß ich deinetwegen etwas gelobt habe." Darauf ließ sie einen Mann kommen und sagte zu ihm: „Rufe vor den Leuten aus, sie sollen morgen kommen, ich werde Honig und Butter unter sie verteilen." Da rief der Mann aus: „Leute dieses Dorfes, heute Morgen will die
10 Familie N. N. Honig und Butter verteilen, und jeder Mann soll ein Gefäß mitbringen und sich etwas holen kommen." Als die Alte das hörte, sagte sie: „Weh mir, ich glaube, es sollen Reiter kommen." Sie verstand nicht, daß die Angehörigen des Knaben ihr Gelübde einlösen wollten; sie meinte, es sollten Reiter in das Dorf kommen. Da verschloß sie schnell die Türe und setzte sich drinnen hin, damit keine Reiter zu ihr hineinkämen. Sie fürchtete sich und verbarg sich drinnen, während jene Honig und Butter
15 unter die Leute verteilten. Da kam die Nachbarin der Alten und klopfte an ihre Türe. „Ich bitte dich, liebe Nachbarin," rief die Alte, „öffne die Türe nicht, damit kein Reiter zu mir hereinkomme." „Es sind ja gar keine Reiter da," erwiderte jene. „Aber was bedeutet jenes Geschrei?" „Die Angehörigen des Jungen lösen ihr Gelübde und verteilen Honig und Butter unter die Leute." „Jiiii," schrie die Alte, „bin ich doch nun diejenige, welche ihm gesagt hat, er solle seiner Mutter sagen, sie möchte ihr Gelübde einlösen;
20 nun haben sie es eingelöst, und ich war nicht dabei." „Geh doch hin," versetzte die Nachbarin, „vielleicht geben sie dir noch etwas." Da nahm sie [zwei] Schüsseln und ging zu den Angehörigen des Jungen hin und sagte zu seiner Mutter: „Nur ich bin die, die deinem Sohn gesagt hat, ihr sollt das Gelübde für ihn einlösen, und nun habt ihr es eingelöst und ihr habt mir nichts gegeben." „Weshalb bist du denn nicht gekommen?" fragte sie. Die Alte erwiderte: „Ist nicht noch etwas da, was du mir geben könntest?" „Komm, ich will dir die Gefäße auskratzen." Darauf kratzte sie
25 aus den Gefäßen, in welchen die Butter und der Honig war, und tat ihr in die eine Schüssel Honig und in die andere Butter.

Als die Alte sich nach Hause begab, spielte der Junge gerade auf der Straße und warf mit einem Stein. Dieser traf die Hand der Alten, die Schüsseln fielen ihr aus derselben, und Butter und Honig liefen heraus. Da fluchte sie: „Was soll ich von Gott über dich herabrufen? Er möge dich ins Unglück bringen durch die stumme
30 Prinzessin." Da kam der Junge nach Haus und war verdrießlich und ärgerlich. Die Mutter fragte ihn: „Was hast du, mein Sohn, mein Liebster, mein Liebling, mein Augenlicht?" „Mache mir Reisevorrat zurecht," erwiderte er, „ich will an diesem Orte nicht mehr bleiben." Sie aber sagte: „Mein Sohn, ich habe deinetwegen Gelübde gelobt, und habe von Gott gebeten, bis er dich mir schenkte; jetzt willst du weggehen und mich verlassen? Wer hat dich
35 erzürnt, und wer hat dir etwas gesagt, daß du so ärgerlich bist?" „Die Alte, welche sich von dem, womit du dein Gelübde einlöstest,

geholt hatte. Ich spielte auf der Straße und warf mit einem Stein, S. 18
der traf ihre Hand, und die Schüsseln fielen, und das, was in ihnen
war, lief heraus. Da sagte sie zu mir: ‚Ich mag nichts anderes
von Gott über dich herabrufen, als daß er dich ins Unglück bringen
möchte durch die stumme Prinzessin.' Nun will ich zu der stummen
Prinzessin hingehen." „Was willst du denn bei ihr tun, mein Sohn?"
fragte die Mutter. „Ich will um sie freien." „Mein Sohn, das
Land ist weit, und du kennst ihr Wesen[1] nicht." „Es geht nicht
anders, als daß ich zu ihr gehe." Da machte sie ihm Reisevorrat
zurecht, er stieg zu Pferde, nahm den Proviant an sich und brach auf.

Bald fand er eine Quelle und über derselben einen Baum. Er
band das Pferd an den Baum, nahm seinen Proviant heraus und
fing an zu frühstücken; als er damit fertig war, legte er sich an
das Wasser. Auf dem Baum war ein Papagei, der sagte zu seinen
Jungen: „Dieser Mann, dessen Eltern keinen außer ihm haben, geht
zu der stummen Prinzessin, deren Vater baut einen Turm von
Köpfen, das sind alles Menschenköpfe. Jedoch er wird einen von
Euch, meine Kinder, nehmen. Wenn er wach ist, wird er gutes
Glück haben, wenn er aber schläft, wird er unglücklich sein." So
sprach dieser Vogel zu seinen Jungen; der junge Mann aber schlief
nicht, sondern war wach. Er sprang nun auf, stieg auf den
Baum und nahm einen von den Vögeln. Dann bestieg er sein
Pferd und ritt weiter. Nach einer Reise von zwei Tagen gelangte
er in die Stadt, in welcher die war, zu der er ging. Zunächst
besah er sich die Stadt; da kam er an einen Ort, wo er einen Turm
erblickte, und dieser Turm war gebaut von Menschenköpfen. Er
trat an einen Mann heran und fragte ihn: „Ach, bitte, warum ist
dieser Turm aus Menschenköpfen erbaut?" Der Mann antwortete
ihm: „Du bist ein Fremder, was hast du mit dieser Frage zu tun?
Das ist eine Sache, die dich nichts angeht; besieh dir die Stadt
und ziehe deines Weges." „Aber, bitte," versetzte er, „sage es mir
doch!" „Wenn ich es dir auch sage, was wird es dir nützen?"
„So nimm diese zwei Goldstücke und sage es mir." Damit gab er
ihm zwei Goldstücke, und der Mann fragte ihn: „Wie heißest du?"
„Ich heiße Aladdin." „Also, Aladdin, der Sultan hat eine Tochter,
und die Leute kommen, um sie zu freien; dann macht der Sultan
ihnen die Bedingung: wenn sie spricht, so gibt er sie ihnen, und
wenn sie nicht spricht, so schlägt er ihnen den Kopf ab. Sobald
einer kommt, macht er ihm diese Bedingung: wenn sie spricht, so
[2]gibt er[2] sie dir, wenn sie nicht spricht, so [3]schlägt er[3] dir den
Kopf ab. Und alle diese Leute haben nichts gegen sie ausrichten
können, und das Mädchen hat nicht gesprochen." So erzählte der
Mann dem Jüngling; darauf sagte dieser: „Ich bitte, ich kenne
niemand in dieser Stadt, willst du mich nicht in dein Haus auf-
nehmen?" „Gewiß," erwiderte er, „willkommen, mein Sohn." Am

---

1 wörtlich: ihre [seine, des Landes] Luft. 2 [gebe ich]. 3 [schlage ich].

Abend nahm er ihn also mit nach Haus, und er blieb drei Tage
bei ihm. Darauf sagte der Jüngling eines Tages zu ihm: „Ich
wünsche, daß du zum Sultan gehst und bei ihm für mich um seine
Tochter anhältst." Jener erwiderte: „Laß dich warnen, Aladdin; wenn
ich für dich werbe und sie spricht nicht, so schlägt ihr Vater dir
den Kopf ab." „Vielleicht spricht sie," versetzte er. „Bei all' denen,
deren Köpfe auf diesem Turm aufgebaut sind, hat sie nicht gesprochen; wie sollte sie bei dir sprechen? Ich fürchte für dich,
daß er dir den Kopf abschlagen wird. Komm, ich will für dich
anhalten um die Tochter des Ministers, oder wenn du willst, um
die Tochter des Richters; einerlei, nur sprich mir nicht von der,
deren Vater die Köpfe abschlägt." „Nein," sagte er, „um keine
andere als um die sollst du werben." Darauf gingen sie zusammen
zum Sultan, und sein Wirt sagte: „Herr, dieser Jüngling ist fremd
und kommt zu dir, du möchtest deine Tochter mit ihm verloben."
„Weißt du denn nicht," fragte der Sultan, „daß wenn einer kommt,
um sie zu freien, und sie nicht spricht, ich ihm den Kopf abschlagen lasse?" „Vielleicht spricht sie," versetzte der Jüngling.
„Noch bei keinem aus dieser Stadt hat sie gesprochen, wird sie
bei diesem Fremdling sprechen?" „Ich will es versuchen," sagte er.

Als es nun Abend geworden war, kam der Jüngling mit seinem
Wirte an den Hof, und sie setzten sich zur Abendunterhaltung hin.
Da sagten einige: „Wer wird uns eine Geschichte erzählen?" Andere
erwiderten: „Dieser, der aus der Gegend von Damaskus ist, wird
uns die Geschichten jener Gegend erzählen." „Nein," sagte er, „es
ziemt sich, daß ihr erzählt." „Nein, erzähle du!" Er hatte ein
Kissen vor sich liegen, und den Vogel, welchen er von dem Baume
geholt hatte, hatte er bei sich. Er nahm den Vogel aus seiner
Busentasche und verbarg ihn unter dem Kissen; darauf sagte er:
„Dieses Kissen wird eine Geschichte erzählen." Da fing der Vogel
unter dem Kissen an zu sprechen: „Ach Aladdin, ach schade wegen
deiner Schönheit und der Gelübde, die deine Mutter gelobt hat;
du gehst zu dieser Kahlköpfigen, zu dieser Diebin, der stummen
Prinzessin, um sie zu freien. Sie aber ist kahlköpfig und [keine]
zwei Pfennige wert." Als das Kissen so über sie geredet hatte,
entblößte sie ihren Kopf und sagte: „Kommt und seht, ob ich
kahlköpfig bin! Weh dir, Kissen, was habe ich denn gestohlen?"
Eiligst liefen sie zum Sultan und verkündeten die frohe Botschaft,
daß seine Tochter gesprochen habe. Als der Vogel ausgeredet
hatte, streckte der Jüngling seine Hand unter das Kissen, nahm
ihn an sich und verbarg ihn wieder in seinem Busen. Darauf stand
er mit seinem Wirte auf, und sie begaben sich wieder in das Haus
desselben. Am andern Morgen ging das Mädchen zu dem Kissen,
nahm es in die Höhe und verbrannte es im Feuer. Der Sultan
aber sagte zu jenen: „Ich glaube nicht, daß sie gesprochen hat,
wenn sie nicht auch heute Abend spricht." Am Abend ging der
junge Mann wieder mit seinem Wirte zu jenen, und es hieß wieder:

„Wer soll heute Abend eine Geschichte erzählen?" Sie sagten:
„Es ist keiner da, der erzählen kann." Da sagte der junge Mann:
„Die Tischmatte wird eine Geschichte erzählen." Er setzte den
Vogel unter die Tischmatte, und diese fing an zu sprechen und
sagte: „Ach Aladdin, du kommst aus der Gegend von Damaskus
in diese Gegend zu der stummen Prinzessin, um sie zu freien.
Dieses Mädchen hier heißt die stumme Prinzessin; ihr Mund ist
stinkend und ihr Geruch tötet, wenn nur jemand sich ihr nähert;
ihr Atem ist stinkend. Du mit dem stinkenden Atem, die du abschlagen läßt die Köpfe, dein Vater baut einen Turm aus Köpfen
vieler Männer, und du bist nur eine einzige mit stinkendem Munde."
Da antwortete das Mädchen, welches die stumme Prinzessin hieß:
„Kommt, die ihr da sitzet zur Abendunterhaltung, riechet den
Geruch meines Mundes, ob ich einen übelriechenden Atem habe!"
So sprach sie, und der Sultan hörte es. „Glaubst du nun, daß
deine Tochter gesprochen hat?" fragte er. „Ich glaube es," erwiderte er. Am folgenden Morgen ließ er den Geistlichen holen
und Aladdin dem Mädchen antrauen und verheiratete ihn mit ihr.

Zwei Jahre lang lebten sie zusammen, da sagte er: „[O Herr,]
ich habe Sehnsucht nach meiner Heimat und nach meiner Familie,
und ich will hingehen; meine Mutter hat keinen andern außer mir."
„Ja, mein Sohn, was willst du haben?" Er antwortete: „Ich will
Pferdeknechte haben, um zu meinen Angehörigen zu reisen." Da
kamen die Pferdeknechte, und er lud Geld und Gold und Gewänder
auf und brach auf. Als er bei seinen Angehörigen eintraf, sagte
seine Mutter: „Mein Sohn, wo bist du in dieser langen Zeit, die
du in der Fremde warst, gewesen?" „Ach Mutter," sagte er, „in
Stambul; und ich habe die Tochter des Sultans geheiratet." Da
veranstaltete die Mutter ihm ein großes Fest, lud die Leute dazu
ein, bereitete ihnen Essen und ließ sie acht Tage lang schmausen,
und so saßen sie da.

[1]Mit Lust und Vergnügen erfreue Gott das Leben der Zuhörer.[1]

7.

Es war einmal einer, der kaufte einen jungen Esel und brachte
ihn seinen Kindern. Der Esel wuchs heran, und jeden Tag ging
der Mann ihm Gras holen. Da war ein Gras, das hieß Fessa, das
pflegte er dem Esel zu bringen und zu fressen zu geben. Einst
mußte er eine Reise antreten, da sagte er zu seiner Frau: „Gib
gut auf den Esel acht, laß ihn keinen Hunger leiden, sondern hole
ihm jeden Tag Gras und gib es ihm zu fressen." Den Esel hatte
er einäugig gekauft. Am andern Morgen begab sich der Mann also
auf die Reise. Darauf kam einer, der sah den Esel und fragte die
Frau, ob sie ihn ihm nicht verkaufen wolle. Sie aber erwiderte:

---

1 [arabischer Vers].

25 „Wenn mein Mann kommt, wird er (damit nicht zufrieden sein und) die Sache nicht leicht nehmen." „So lüge ihm doch irgend etwas vor!" Da verkaufte sie ihm den Esel.

Nachdem ihr Mann einen Monat in der Fremde gewesen war, kehrte er zurück; gleich fragte er: „Wo ist der Esel, Frau?" „Lieber Mann," erwiderte sie, „dein Esel war ein Esel; ich ging ihm Futter zurechtmachen, da fand ich, daß er inzwischen ein Richter geworden war." „Wo ist er denn jetzt?" fragte er. „Er 30 ist ins Regierungshaus gegangen." „So will ich ihn holen gehn." „Wird man dir denn erlauben, daß du ihn herbringst?" warf sie ein. Er aber fragte: „Welcher von den Richtern ist unser Esel?" Nun gab es da einen einäugigen Richter. Da antwortete sie: „Der Richter, der nur ein Auge hat." Darauf holte der Mann ein Büschel Gras, begab sich an den Ort, wo der Richter war, und trat ein: dann nahm er das Büschel Gras in die Hand, trat vor den Richter und sagte: „Komm! Komm, komm! du Verfluchter, hast du die Fessa vergessen, die ich dir zu fressen gab?" Da fragten ihn die Leute, welche im Saale des Richters saßen: „Was sagst du, Mann?" Er antwortete: „Der Richter war ein Esel, und jetzt ist er ein 5 Richter geworden." „Welches Kennzeichen hat denn dein Esel?" fragten sie. „Er ist einäugig." Sie betrachteten den Richter und fanden, daß er in der Tat nur ein Auge hatte. Darauf warfen sie den Mann heraus und sagten ihm: „Geh, Mann, du bist verrückt. ein Esel soll Richter werden?" Der Richter fragte: „Was sagt dieser Mann?" „Herr," erwiderten sie, „das ist ein Verrückter." „Wieso?" „Er sagt, du seiest sein Esel." „Vermutlich ist er 10 verrückt, der Arme, ruft ihn hierher zurück." Da sagten sie ihm, er möchte zum Richter kommen, und dieser fragte ihn: „Wie viel war dein Esel wert?" „Fünfhundert Piaster," erwiderte er. Da nahm der Richter fünfhundert Piaster aus seiner Tasche und gab sie ihm; darauf befahl er ihm wegzugehn. Als der Mann zu seiner Frau kam, fragte diese ihn: „Nun, was hast du ausgerichtet?" „Der Verfluchte," antwortete er, „er saß auf dem Sofa und gab mir fünfhundert Piaster." Und die Geschichte ist aus.

8.

Es war einmal einer, der gab seinen Kindern und seiner Frau nichts anderes zu essen als Zwiebeln. Zwiebeln aßen sie am Abend zur Nacht, am Morgen frühstückten sie Zwiebeln, und Mittags aßen sie Zwiebeln. Seiner Frau aber rief er: „Frau, heute Abend bringe eine große Henne!" und am Morgen: „Bringe einen Hahn!" und 20 Mittags: „Bringe ein Küchlein." Eine große Zwiebel nannte er eine große Henne, und eine Zwiebel, die etwas kleiner war, nannte er einen Hahn, und eine sehr kleine Zwiebel nannte er ein Küchlein. Da fragte einst eine Nachbarin die Frau: „Liebe Nachbarin, eßt ihr denn immer Hennen und Hahnen und Küchlein?" „Wie sollte ich, Nachbarin?" antwortete sie. „Laß mich in Ruh, woher ist mein ganzes Unglück? Ich soll Hühner und Hennen essen?" „Du lügst," sagte sie, „höre ich nicht am Abend deinen Mann dir zurufen: ‚Bringe eine große Henne!' und am Morgen ruft er: ‚Bringe ein Küchlein!' und Mittags: ‚Bringe ein Huhn!'" „Das sind Zwiebeln," entgegnete sie, „eine große Zwiebel nennt er eine Henne, eine kleinere Zwiebel einen Hahn, und eine sehr kleine ein Küchlein." „So, nur in dieser Weise eßt ihr?" „Dies ist unser Essen," erwiderte sie, „rate mir, wie ich es machen soll." „Hab keine Sorge," entgegnete sie, „heute Abend werde ich ihn[1] schon besorgen."

Damit ging die Nachbarin weg und holte drei bis vier geriebene Männer und besprach sich mit ihnen. Als es Abend geworden war, rief sie ihre Nachbarin: „Komm, ich habe dir etwas zu sagen!" Diese ging zu ihr, und sie sagte ihr: „Nimm dieses Schlafmittel, und wenn du deinem Mann Kaffee zu trinken gibst, so tue es in den Kaffee hinein." Die Frau nahm das Schlafmittel an sich und ging nach Hause. Als sie mit dem Abendessen fertig waren, sagte der Mann: „Bring uns ein Täßchen Kaffee, Frau." Sie brachte ihm den Kaffee und tat das Schlafmittel in den Kaffee in die Tasse. Da verfiel der Mann in einen tiefen Schlaf. Sie aber rief der Nachbarin und sagte: „Der ist wie tot." „Fürchte nur nicht," erwiderte diese. Dann kamen jene Männer, welche die Nachbarin geholt hatte, nahmen ihn in die Höhe und trugen ihn auf den Friedhof, wo sie ihn zwischen die Toten legten. Sie zündeten ein Licht an, welches sie mitgenommen hatten, und gaben ihm ein Gegenmittel ein. Da sagte einer zu dem anderen: „Rieche den Geruch jenes Toten, sieh, was er zu essen pflegte." „Meister," sagte der andere, „dieser hat Zwiebeln gegessen." „So prügle ihn ordentlich durch!" Da ergriff er ein Stück Holz und prügelte ihn. Darauf sagte er: „Rieche an dem anderen, siehe, was er zu essen pflegte." Er antwortete: „Dieser aß Reis und Fleisch." „So schlage diesen nicht." Darauf kam er an den Mann, den sie hingebracht hatten, den Mann der Frau. Da sagte er wieder: „Rieche an diesem, was er zu essen pflegte." Er antwortete: „Dieser ißt am Morgen Zwiebeln und ißt am Mittag Zwiebeln und ißt am Abend Zwiebeln, und Zeit seines Lebens hat er noch kein Fleisch gekostet." „So prügelt ihn," befahl er, „und schlagt ihn recht tüchtig." Da schlugen sie auf ihn los, er aber sagte: „Ich bitte euch, ihr lieben Engel, ich werde keine Zwiebeln mehr essen;" er hielt nämlich jene Männer für die Engel. Da fragten sie: „Wirst du noch Zwiebeln essen?" „Nein," sagte er, „nie mehr werde ich welche kosten." Da gab einer von ihnen den Befehl, ihn wieder nach Hause zu tragen. Sie trugen ihn also nach Hause, legten ihn dort hin und gingen weg.

Als es Morgen geworden war, weckte ihn seine Frau aus dem Schlafe, indem sie sagte: „Steh jetzt auf, Mann, du hast sehr lang

---

1 [es].

geschlafen." „Ich bin zu schwach," erwiderte er. „Wieso?" fragte
sie. „Weil ich soviel Prügel bekommen habe." „Wer hat dich
denn geprügelt?" „Heute Nacht," erwiderte er, „kamen die Engel
Gottes und nahmen mich und trugen mich an den Ort der Ver-
nichtung und legten mich zu den Toten; da war einer, ein Oberster,
der sagte zu ihnen: ‚Sehet, was dieser Tote zu essen pflegte.' Da
rochen sie an ihm, was er gegessen hatte, und sagten: ‚Der hat
Zwiebeln gegessen.' Da nahmen sie Stöcke und prügelten ihn.
Darauf kamen sie zu einem anderen, der hatte Reis und Fleisch
gegessen, den schlugen sie nicht und sagten ihm auch nichts. Dann
kamen sie zu mir und rochen an mir den Zwiebelgeruch, da fielen
sie mit den Stöcken über mich her und gaben mir eine gehörige
Tracht und zerbrachen mir meine Knochen." Als der Mann seiner
Frau dieses erzählt hatte, fragte sie ihn: „Aber was willst du nun
machen, Mann?" Er antwortete: „Heute werde ich ein Schaf
kaufen." Da ging sie zu der Nachbarin und sagte: „Er hat mir
gesagt, er wolle uns heute ein Schaf kaufen." „Ja," erwiderte die,
„schön, Nachbarin, da brauchst du dich nicht mehr über das Zwiebel-
essen zu ärgern." Der Mann ging also auf den Schafmarkt und
kaufte ein Lamm. Zu Haus kamen ihm seine Kinder vergnügt
und freudig entgegen, sie liefen zu ihrer Mutter: „Mutter, der
Vater hat uns ein Lamm gekauft!" „Das ist schön," sagte sie.
Er band das Schaf im Hause an, und wenn die Kinder fragten:
„Vater, wann schlachtest du uns das Schaf?", so antwortete er:
„Mit Weile." Jeden Tag fragten sie ihn, und er antwortete immer:
„Mit Weile." Endlich sagte die Frau: „Jeden Tag sagst du den
Kindern ‚mit Weile'; bis wann ist denn diese Weile?" Da erwiderte
er: „Dieses Schaf schlachte ich nicht eher, als bis es Pfeffer macht
und Sesamöl läßt." Wenn nun das Schaf Wasser lassen wollte, so
kam die Frau eiligst gelaufen, um es zu beobachten, und ebenso,
wenn es etwas machen wollte. So beobachteten es die Kinder und
die Mutter. Nachdem sie das Schaf vierzig Tage gefüttert hatten,
ging sie zu ihrer Nachbarin; da sagte die Nachbarin: „Seit dem Tage,
wo dein Mann das Schaf geholt hat, bis jetzt bist du nicht mehr
zu uns gekommen. Gewiß hast du uns wegen der Menge Schaffleisch, das du gegessen hast, vergessen, da du nicht zu uns gekommen bist." „Laß mich in Ruh," erwiderte sie, „ich habe kein
Fleisch und auch sonst nichts gegessen." „Aber das Schaf, welches
dein Mann gekauft hat?" „Wenn die Kinder ihn fragen," erwiderte
sie, „wann er das Schaf schlachten werde, so antwortet er ihnen:
‚Mit Weile.' Da habe ich ihm gesagt: ‚Wie lange mit Weile?',
und er antwortete: ‚Bis es Pfeffer macht und Sesamöl läßt.' Nun
tue ich nichts als es beobachten, aber es hat weder Pfeffer gemacht noch Sesamöl." Als die Frau der Nachbarin dieses erzählt
hatte, sagte sie: ‚Ein Schaf soll Pfeffer machen und Sesamöl lassen!"
„Aber was soll ich denn tun?" fragte sie. „Geh zum Gewürzkrämer
und hole für 20 Pfennige Pfeffer und geh zum Krämer und hole

für 20 Pfennige Sesamöl und lege am Abend den Pfeffer in Wasser
und steh am andern Morgen früh auf und tue den Pfeffer in eine
Tasse und das Sesamöl in eine Tasse, und ehe dein Mann aus dem
Bette aufsteht, stellst du diese Tassen unter das Schaf und sagst
deinem Mann: ‚Steh auf, denn unser Schaf macht Pfeffer und läßt
Sesamöl.' Dann nimmst du die Tasse in die Hand und setzest
dich neben das Schaf." Als die Nachbarin sie so unterwiesen hatte,
ging die Frau weg, holte Pfeffer und Sesamöl. Am andern Morgen
stand sie früh auf und tat so, wie die Nachbarin sie unterwiesen
hatte. Sie rief ihrem Manne: „Steh auf, Mann, unser Schaf macht
Pfeffer und läßt Sesamöl." Da holte er den Metzger, dieser
schlachtete ihm das Schaf, zog die Haut ab und zerteilte es. Darauf
lud der Mann die Leute ein, sie möchten kaufen kommen. Die
Leute kamen, und er verkaufte ihnen das Schaffleisch. Da sagten
die Kinder: „Laß uns doch etwas Fleisch, Vater." „Jawohl," antwortete er, aber er verkaufte das Schaf und das Fleisch ganz und
ließ außer den vier Füßen nichts übrig. Seine Frau fragte ihn:
„Wo ist das Fleisch, welches du zurückgelassen hast?" „Eßt!"
sagte er, „ich habe die vier Füße zurückbehalten." „Was sollen
wir denn mit ihnen machen?" sagte sie. „Ich will das schon besorgen," erwiderte er. Da holte er einen starken Faden, band sie
fest und hing sie an die Decke. Dann befahl er ihr, Brot zu
bringen, und als sie das getan hatte, sagte er: „Wenn ihr nun
essen wollt, dann macht so, tupft eben daran und esset." Die
Kinder holten nun vier Tage Brot und aßen unter den Schaffüßen.

Eines Tages nun, als der Mann und die Kinder nicht da waren,
nahm die Frau einen Schaffuß von der Decke herunter, briet ihn
am Feuer und aß ihn auf. Da kam ihr Mann, betrachtete die
Schaffüße, zählte sie und fand, daß es nur drei waren. „Wo ist
der andere Fuß?" fragte er die Frau. Sie sagte: „Es sind ja drei."
„Es müssen aber vier sein," erwiderte er. „Drei," sagte sie. Da
entgegnete er: „Ich werde gleich sterben, waren es drei oder vier?"
„Drei," sagte sie. „Ich sterbe, drei oder vier?" „Drei," sagte sie.
„Entweder bringe den Schaffuß oder das Totenhemd; ich sterbe."
Da versammelten sich die Leute und fanden, daß er gestorben war.
„Dieser ist gestorben," sagten sie, „und braucht ein Totenhemd."
Während sie das Totenhemd holten, trat sie zu ihm und sagte:
„O Vater meiner Kinder, sie holen das Totenhemd, um es dir an-
zulegen." Leise antwortete er: „Drei Füße oder vier?" „Drei,"
sagte sie. „Gut," erwiderte er, „wenn sie es holen, so mögen sie
es holen." Dann holten sie die Bahre, und sie trat wieder vor
ihn: „O Vater meiner Kinder, sie holen die Bahre." Er erwiderte:
„Wieviel Füße, drei oder vier?" „Drei," sagte sie. „So mögen sie
sie holen," gab er zur Antwort. Da trugen sie ihn auf den Friedhof.

Nun war da eine Frau von den Verwandten des Sultans, die
sollte gebären, aber sie konnte nicht gebären, und der Arzt erklärte,
sie werde nur über einem frisch gegrabenen Grabe gebären. Da

brachten sie sie auf den Friedhof; dort gingen sie zwischen den Gräbern umher, bis sie das Grab jenes Mannes fanden, welches frisch gegraben war. Sie setzten die Frau auf dasselbe, damit sie gebäre. Der Mann war noch lebendig, er grub sich durch die Erde, welche auf dem Grabe war, durch, gerade als die Frau eines Knäbleins genas. Er zog das Kind ins Grab hinein, kam selbst heraus und legte sich an dessen Stelle. Da sagten die Weiber verwundert: „Jene hat einen Mann geboren, und er hat einen Bart, und hat Zähne, und ist groß; wenn der Sultan es hört, so wird er ärgerlich sein und fragen, wie es komme, daß seine Verwandte einen Mann geboren habe. Da sagte einer der Ärzte: „Zieht ihm die Zähne aus." Seine Frau wußte, daß er es war, aber sie wagte nicht zu sprechen, sondern sie ging zu ihm und flüsterte ihm leise zu: „O Vater meiner Kinder, sie haben die Zange geholt, um dir die Zähne auszureißen." Er antwortete: „Wie viele Füße, drei oder vier?" „Drei," sagte sie. „Nun, so mögen sie sie ausreißen." Einer sagte: „Wir ziehen ihm die Zähne aus, aber er hat auch einen Bart." „So schert ihm den Bart ab," versetzte ein anderer. Da holten sie ein Schermesser und nahmen ihm den Bart ab. Wiederum sagten einige: „Vielleicht kommt der Sultan und will den Sohn seiner Verwandten sehen, dann wird er ihn zu lang finden." Da befahl der Arzt, ihm die Füße unterhalb der Knie abzuhauen. Als sie dies ausgeführt hatten, sagten sie: „Der Sultan wird auch sehen, daß er große Hoden hat." Da befahl jener, ihm auch die Hoden abzuschneiden. Während sie das taten, starb er in Wirklichkeit. So hatte er diese Pein um der Schaffüße willen erduldet. Darauf begruben sie ihn. Seine Frau aber ging hin, nahm die Schaffüße von der Decke herunter und verzehrte sie, indem sie sprach: „Sein Lebtag kommt er nicht wieder." Und damit ist die Geschichte aus.

9.

Es war einmal einer, der hieß Blumer, der brauchte nur zu lachen, so blühten die Bäume; jeder Baum, welcher Frucht trägt, blühte, sobald er lachte. Der Sultan hatte einen Garten, der trug keine Frucht und blühte auch nicht; der Sultan wußte nicht, was er mit ihm machen sollte, denn er wollte nicht blühen. Da stieg der Sultan zu Pferde und zog in der Welt umher und erkundigte sich, wie sich das wohl mit seinem Garten verhalte, daß er nicht blühe und keine Frucht trage. Da sagte ihm einer, es sei da ein Mann namens Blumer, der brauche nur zu lachen, so werde er blühen. Der Sultan schickte also zu ihm, jener aber fragte die, welche zu ihm kamen: „Was wollt ihr?" Sie antworteten: „Der Sultan schickt zu dir." „Was will er denn?" „Du möchtest ihm deine Aufwartung machen, er hat etwas mit dir zu reden." „Geht hin," erwiderte er, „und sagt ihm: Blumer hat keine Zeit, dir aufzuwarten zu kommen." Als sie zum Sultan zurückkehrten, fragte dieser: „Ist er gekommen?" „Nein," antworteten sie. „Weshalb ist er denn nicht gekommen?" „Er hat keine Zeit." „Hat er selbst euch dies gesagt?" „Ja, er sagte uns: ‚Meldet dem Sultan, Blumer hat keine Zeit, seine Aufwartung zu machen.'" Da schickte er den Richter zu ihm, und dieser begab sich mit zehn Reitern zu Blumer. Er klopfte an die Türe, da sagten die, welche bei Blumer waren: „Was gibts? Reiter klopfen an die Türe." Blumer erwiderte: „Geht heraus und seht." Da ging einer hinaus und fand, daß es der Richter war, der zu Blumer gekommen war. Er meldete diesem: „Der Richter kommt zu dir." „So führt ihn herein und geht herauf auf die Oberstube und legt ihm ein Polster zurecht und heißt ihn dort sitzen." Sie führten ihn also zur Oberstube hinauf, machten ihm ein Polster zurecht und baten ihn, Platz zu nehmen, ihn und die Reiter. Dann stieg Blumer selbst auch hinauf, und der Richter hub alsbald an: „Der Sultan hat zu dir geschickt, Blumer, du möchtest zu ihm kommen und deine Aufwartung machen, da er etwas mit dir zu reden habe; du aber wolltest nicht gehn." „Was will er denn?" versetzte jener, „ich habe doch mit niemand Händel gehabt, auch nicht mit meinem Nachbar mich gezankt; was hat denn der Sultan bei mir zu suchen, daß ich ihm aufwarten soll?" „Geh," sagte er, „willst du müde sein hinzugehn, (wenn der Sultan dich ruft)?" Da sagte er: „Morgen will ich hingehn." „Ich aber gehe nicht weg ohne dich," versetzte der Richter. „Wenn du nicht gehn willst, so bleib hier und schlafe heute Nacht bei uns." Darauf ging Blumer auf den Schafmarkt, kaufte einen Hammel, schlachtete ihn und bereitete dem Richter und den Reitern ein Abendessen. Als sie am andern Morgen aufgestanden waren, sagte der Richter zu Blumer: „Nun wollen wir aufbrechen." „Langsam." erwiderte dieser, „erst wollen wir frühstücken und eine Tasse Kaffee trinken; dann gehen wir." Er rief seinem Diener und befahl ihm, Kaffee und Frühstück zu bringen. Der Diener tat dies, und sie frühstückten und tranken Kaffee; dann standen sie auf und stiegen auf ihre Tiere, der Richter, die Reiter, die mit ihm waren, und Blumer. Wie sie nun des Weges zogen, sahen sie einen von ferne, der sang. Da war auch der Weinberghüter, der fragte ihn: „Was hast du, daß du so vergnügt bist und singst?" „Der Sultan hat zu Blumer geschickt," erwiderte er, „da gehe ich zu dessen Frau und bin vergnügt." Gerade ging Blumer mit dem Richter des Weges vorüber und hörte dieses Wort, welches jener Mann sagte. Da wurde er verdrießlich und mißmutig.

Als sie zum Sultan kamen, fragte dieser: „Was tut Blumer, damit die Blumen blühen?" „Wenn er lacht, so blühen die Blumen," erwiderte man ihm. „So holt einen Possenreißer, der soll Possen reißen, und holt einen Affenführer, der soll Kunststücke machen, Blumers wegen, damit er vergnügt wird und lacht." Sie holten also einen Possenreißer und einen Affenführer, die fingen an zu singen und zu spielen und zu tanzen; aber Blumer wollte nicht lachen. Nach-

dem drei Tage vorübergegangen waren, ohne daß er gelacht hatte, befahl der Sultan, ihn ins Gefängnis zu bringen. Sie führten ihn also ins Gefängnis und setzten ihn gefangen. Dort blieb er drei Tage. Nach drei Tagen kamen, wie er hinter der Türe des Gefängnisses saß, die Frau des Sultans und die Frau des Ministers zu dem Gefängniswärter und sagten ihm: „Wir sind zu dir gekommen." Als Blumer sie hörte, fing er an zu lachen und sagte: „Ich, ja ich
20 bin nur ein gewöhnlicher Mann, und wurde mißmutig, als ich jenen hörte, der sang; aber die Frau des Sultans und die Frau des Ministers, siehe, sie sind zu dem Gefängniswärter gekommen!"

Als der Sultan am andern Morgen aufstand und in seinen Garten ging, da fand er ihn ganz in Blüten. Alsbald schickte er nach dem Minister und sagte ihm: „Der Garten blüht." „Wirklich?"
25 fragte dieser. „Geh hinein, so wirst du es sehen." „Ja," sagte er, „der verfluchte Blumer, drei Tage lang haben wir versucht, ihn lustig zu machen, Musik haben wir ihm geholt und einen Affenführer, und sie haben getanzt und gesungen, aber er wollte nicht lachen; was hat er denn nun im Gefängnis so Lächerliches gesehen, daß er gelacht hat und der Garten aufgeblüht ist?" Da befahl der Sultan dem Minister und dem Richter, ihn aus dem Gefängnisse
30 holen zu lassen. Sie schickten hin und ließen ihn holen, und als er vor den Sultan trat, sagte dieser zu ihm: „Weh dir, Blumer, drei Tage lang warst du hier, und ich habe dir einen Affenführer holen lassen und Musik, damit du lachen möchtest, aber du hast nicht gelacht; dann bist du ins Gefängnis gekommen und hast gelacht; weshalb? Das Gefängnis muß wohl erheiternder sein als mein Audienzsaal? Auf Straußenfedern habe ich dich gesetzt und habe dir drei Polster unterlegen lassen, und du hast nicht gelacht und bist nicht vergnügt geworden; im Gefängnis ist Schmutz, und da gibts Flöhe und Wanzen, da hast du gelacht?" „Herr," antwortete er, „gib mir Sicherheit." „Ich gewähre dir Sicherheit," versetzte der Sultan, „aber du sollst mir erzählen, was du im Gefängnis gesehen hast, daß du vergnügt wurdest und lachtest." Da erzählte er: „Als du nach mir geschickt hattest, ich sollte aus meinem Dorfe kommen, dir meine Aufwartung zu machen, und ich
5 nun des Weges zog, da war da einer, der sang, und da war der Weinberghüter, der fragte ihn: ‚Was hast du, daß du so lustig bist und singst?' Er antwortete: ‚Ich gehe zur Frau Blumers.' Als ich das hörte, o Herr, da wurde ich mißmutig; aber deinetwegen wagte ich nicht, nach Hause zurückzukehren, ich kam also hierher; aber ich vermochte nicht zu lachen." „Weshalb hast du denn nach drei Tagen im Gefängnis gelacht?" warf der Sultan ein. „Ich lag hinter der Gefängnistüre," fuhr er fort, „da kamen zwei
10 Frauen und klopften beim Gefängniswärter an, deine Frau und die Frau des Ministers, und als ich sie mit dem Wärter sprechen und zu ihm sagen hörte: ‚Wir sind zu dir gekommen,' da mußte ich lachen, indem ich dachte: ‚Ich bin doch nur ein gewöhnlicher Mann

von den Untertanen des Sultans, und ich habe es nicht leicht genommen, daß einer zu meiner Frau gehen wollte; aber der Minister und der Sultan, der Gefängniswärter ist nur ihr Knecht, und zu diesem sind ihre Frauen gegangen!" Da dachte ich: „Ja, mir geht es nicht anders als dem Sultan und dem Minister,' und da lachte ich." Darauf versetzte der Sultan: „Komm, wir wollen gehn, ich und du und der Minister, und in der Welt umherziehen, und wenn wir die Frauen anderer Leute ebensolche Dinge tun sehen, wie sie mir und dir und dem Minister widerfahren sind, so kehren wir zu unsern Frauen zurück; wenn wir aber finden, daß nur unsere Frauen gegen uns so handeln, so kehren wir nicht mehr zurück."

Die drei legten Derwischkleidung an und begannen, in der Welt umherzuziehen. Sie begaben sich in ein Dorf, und als es Abend wurde, fanden sie ein Haus am Ende desselben, in welchem sie sich schlafen legten. Da kam einer herein zu den Leuten des Gehöftes, bei welchen sie waren — sie saßen in einem Zimmer, und die Leute des Gehöftes in einem andern —; der Mann, der Hausherr, ging aber einen Abendbesuch machen. Jene Person nun, welche vorhin gekommen war, hatte an der Türe gelauscht, und hatte gefunden, daß der Hausherr noch da war; da war sie nicht hineingekommen, sondern hatte sich längs der Mauer des Hofes geschlichen und sich dort versteckt, bis daß der Hausherr zur Abendunterhaltung weggegangen war. Nun trat jener bei dessen Frau ein und fragte: „Wohin ist dein Mann gegangen?" „Einen Besuch machen," erwiderte sie. Da erzählte er: „Ich kam und fand, daß er noch da war, da trat ich nicht ein, bis er gegangen war; da erst trat ich ein." Sie bereitete ihm nun Abendessen, und er aß zu Nacht und war vergnügt, und sie saßen da und unterhielten sich. Bald jedoch kam ihr Mann, da löschte sie ein[1] Licht aus und tat, als wenn sie schliefe. Jener aber versteckte sich hinter der Türe. Ihr Mann rief: „Schläfst du, Frau?" „Ich schlief," erwiderte sie, „durch dein Rufen aber hast du mich geweckt; nun will ich aufstehn und herauskommen." Sie öffnete die Türe, ließ den Mann heraus und tat, als ob sie selber hinausginge. Wer aber sah sie? Der Sultan, der Minister und Blumer. Sie sagten zu einander: „Gut, in diesem Orte haben wir eine gefunden."

Am Morgen brachen sie auf und begaben sich von diesem Orte in einen andern. Den ganzen Tag gingen sie in diesem Orte, zu dem sie gelangt waren, umher und erkundigten sich, wo die Fremden übernachteten. Da sagte ihnen einer: „Ein Fremder, der Tiere bei sich hat, übernachtet in der Herberge." „Wir haben keine Tiere bei uns," erwiderten sie, „wir sind Derwische." „Derwische übernachten in der Moschee," sagte er. Sie gingen also zur Moschee. Der Moschee gegenüber war ein Haus, und es war da eine Fensteröffnung, durch welche man von der Moschee in jenes

---

1 [das].

Haus blicken konnte. Sie hörten Geschrei und Gezänk; da traten sie an die Fensteröffnung und lauschten. Sie fanden, daß einer mit seiner Frau sich zankte. Die Nachbarin trat ein und sagte: „Was hast du, liebe Nachbarin, weshalb streitest du mit deinem Manne?" Sie antwortete: „Er zankt mit mir, weil ich ihm kein Abendessen zubereitet habe." „Weshalb hast du ihm denn kein Abendessen zubereitet?" Sie erwiderte: „Ich habe nichts zu Hause, was ich zubereiten könnte, ich habe nichts als trocknes Brot hier; er soll etwas holen gehen und dann essen." „Ja, lieber Nachbar," sagte sie, „du hast nichts im Haus." Da holte der Mann zwei Brote und aß sie trocken; dann stand er auf und ging zur Abendunterhaltung. Da kam einer zu ihr, setzte sich mit ihr hin und fragte: „Was habt ihr zum Abendessen gemacht?" „Ich habe dir ein Huhn geschlachtet und gekocht und habe es dir auf die Seite gesetzt." Darauf holte sie ihm das Huhn, und er aß es, stand auf und ging weg. Der Sultan, der Minister und Blumer lauschten; dann sagten sie zu einander: „Von Abend an bis jetzt streitet diese mit ihrem Mann, sie habe nichts im Hause, was sie ihm zum Abendessen machen könnte; kommt dieser da, hat sie ihm ein Huhn gekocht, und sobald er kommt, setzt sie ihm es vor. Das haben wir in diesem zweiten Orte gesehen."

Am Morgen standen sie auf und begaben sich von diesem Ort in einen andern. Sie gingen umher, besahen sich den Ort und fragten: „Gibt es hier keinen, der Brot verkauft?" „Freilich," sagten sie, „es ist ein Backofen hier, geht zu dem Bäcker und kaufet bei ihm Brot." Da setzten sie sich ans Wasser, Blumer ging zum Backofen, kaufte für zwei Groschen Brot und kehrte wieder zu ihnen zurück. „Sollen wir das Brot trocken essen?" sagten sie. „Geh, hole uns zwei Maß Milch." „Gegorene Milch oder ungegorene?" fragte er. „Süße Milch," sagten sie, „nicht gegorene." Da ging er nun zwei Maß Milch holen und brachte auch für einen Groschen Zucker und kam wieder zu ihnen über das Wasser. Als er aber über das Wasser ging, strauchelte er, und die Milch floß heraus. „Wie kommt das?" fragte der Minister. „O Herr," antwortete er, „ich bin gestrauchelt." „Geh und hole neue!" erwiderte er. Da ging er hin und holte zum zweitenmal. Sie zerbröckelten das Brot und gossen die Milch auf das Brot und aßen. Danach standen sie auf und gingen in dem Dorfe umher, sich alles ansehend, bis es Abend wurde. Da trafen sie eine Frau, die fragten sie: „Hast du nicht zu Hause einen Raum, in dem wir heute Nacht schlafen können und wofür wir dich bezahlen wollen?" „Ja, ich habe ein kleines Zimmer zu Haus," sagte sie. „Ist denn dein kleines Zimmer nicht groß genug für uns?" „Freilich, es ist groß genug für euch." „Da hast du 10 Groschen, bringe uns einen Teppich und laß uns heute Nacht dort schlafen; wo ist denn dein Mann?" „Er ist verreist." Sie führte sie also in das Zimmer, brachte ihnen einen Teppich, zündete Licht an, und sie schliefen

diese Nacht dort. Als sie am Morgen aufgestanden waren, sagten
sie zu einander: „In diesem Orte haben wir nichts gesehen." Da
sagte der Sultan: „Heute Nacht wollen wir diesen Ort nicht verlassen." Den ganzen Tag blieben sie also dort. Aber sie sagten:
„Heute Nacht wollen wir nicht bei dieser Frau schlafen, sondern
wir wollen auf jene Seite des Ortes gehen, und wenn wir dort
etwas sehen, so wird sich diese Sache wohl an jedem Orte finden,
wenn wir aber nichts sehen, so gibt es an diesem Orte keine Sünde."

Sie begaben sich also in einen andern Teil des Ortes und traten
in ein Gehöft ein; dort begegnete ihnen eine Frau, die fragte sie:
„Was wünscht ihr, Derwische?" Sie antworteten: „Wir wünschen
nichts; wenn du aber irgend eine Kammer hast, so wollen wir
heute Nacht dort schlafen." Da sagte sie: „Ich habe keine." Sie
aber erwiderten: „Du hast doch vier bis fünf Kammern und solltest
keine haben, in der wir schlafen könnten?" Da sagte sie: „In
einer Kammer ist Holz, in einer anderen sind die Vorräte, eine
dritte ist Küche und in wieder einer andern schlafe ich und die
Kinder." „So wollen wir in der Kammer schlafen, in welcher ihr
schlaft." „Mein Mann ist nicht da," entgegnete sie, „soll ich mit
euch und den Kindern schlafen? Dort laß ich euch nicht schlafen."
„Wo ist denn dein Mann?" fragten sie. „Der ist in Damaskus."
„Laß uns nur hier schlafen," baten sie, „wenn du willst in der
Küche, wenn du willst im Holzstall." „So geht in den Holzstall
und schlafet dort." Sie gingen also dorthin und legten sich schlafen.
Kurz darauf kam einer, und sie dachten, ihr Mann wäre gekommen.
Darauf wurde es ganz dunkel, da wurde an die Türe geklopft; die
Frau ging heraus und fand ihren Mann, der von Damaskus zurückgekehrt war. Jene Person stand auf und wollte gehen, sie aber
löschte das Licht aus. „Zünde doch Licht an, Frau!" sagte der
Mann. „Wir haben kein Öl im Haus," erwiderte sie. „Was hast
du zum Abendessen gemacht?" fragte er. „Ich habe nichts gemacht, geh auf den Markt und hole Brot und hole Zukost und
dann komme." Da ging er auf den Markt und holte eine Schüssel
Sirup und eine Schüssel Sesam. Jene Person sagte: „Ich will mich
fortmachen." „Bleibe doch ruhig hier, bis du gegessen hast," erwiderte sie. „Aber dein Mann wird mich sehen." „In der Dunkelheit sieht er nicht." Der Sultan, der Minister und Blumer hörten
alles dieses. Als der Mann zurückkam, sagte er: „Willst du mit
zu Nacht essen, Frau, oder hast du schon gegessen?" „Ich werde
mitessen," erwiderte sie, „wann soll ich denn gegessen haben? Bringe
es hierher!" Da brachte er das Essen zu ihr, indem er die Schüssel
mit Sirup und die Schüssel mit Sesam hinsetzte und fünf Brote.
Und sie fingen an zu essen, sie, ihr Mann und jener andere Mann,
der dort war. Ihr Mann aß zwei Brote, und sie aß ein Brot; und
als ihr Mann wieder nach dem Brote griff, fand er nur noch ein
Brot. Da fragte er: „Wie viele Brote hast du gegessen, Frau?"
Sie sagte: „Ich habe eins gegessen." „Und ich habe zwei gegessen,"

sagte er: „ich brachte fünf Stück, du hast eins gegessen und ich habe zwei gegessen und auf der Erde ist nur noch ein Brot übrig, das macht vier; wo ist denn das andere Brot?" „Der Bäcker wird sich geirrt haben," erwiderte sie, „er hat dir vier Brote gegeben und du meintest, es seien fünf." Der Mann schwieg. An dem Zimmer war ein Rauchloch, durch welches die Strahlen des Mondes fielen. Der Mondschein gelangte gerade zu der Stelle, wo sie aßen, und der Mann betrachtete die Schüssel; da fand er, daß außer seiner Hand und der Hand seiner Frau noch eine dritte Hand da war, welche mit aß. Er ließ den Mann, welcher einen Bissen in die Sirupschüssel eintauchen wollte, seine Hand ausstrecken, dann faßte er sie und sagte: „Du hast ja jemand bei dir, der mit ißt, und sagst mir: ‚Der Bäcker hat dir nur vier Brote gegeben, und du meintest, es seien fünf;' und du hast ja einen fremden Mann bei dir." „Ich soll einen Mann bei mir haben?" versetzte sie, „du hast ihn mitgebracht in der Sirupschüssel." Da faßte er ihn bei der Hand und nahm ihn mit zu dem Krämer, bei welchem er den Sirup und den Sesam geholt hatte, und sagte diesem: „Ich habe bei dir Sirup gekauft, und du tust mir einen Mann in den Sirup?" Der Krämer merkte, daß die Frau ihn belogen hatte, erhob seine Hand, gab jenem Manne eine Ohrfeige und sagte zu ihm: „Du verfluchter Kerl, ich setze dich in den Siruptopf und du kommst heraus in den Sesamtopf, ich setze dich in den Sesamtopf und du kommst heraus in den Siruptopf!" Und sich zu dem Manne wendend: „Nimm es mir nicht übel, lieber Mann; als ich dir den Sirup gab, lief er mir heraus in die Schüssel, und ich habe ihn nicht gesehn." Da sagte der Mann: „Gut, aber laß ihn ein anderes Mal nicht herauskommen. Ach die Ärmste, ich wollte gerade hingehen und meine Frau schlagen, indem ich dachte, er wäre bei ihr gewesen." „Nein, prügle sie nicht!" sagte der Krämer. Da ging er hin zu seiner Frau und sagte: „Ich hatte dich im Verdacht, Frau, er sei bei dir gewesen, er war aber bei dem Krämer, und der Krämer hat mir gesagt: ‚Nimm es mir nicht übel; als ich dir den Sirup zurecht machte, kam er mit dem Sirup heraus.'" „Habe ich es dir nicht gesagt, Mann?" erwiderte sie, „du hast ihn in der Schüssel mitgebracht." Wer hörte dieses Gespräch? Der Sultan, der Minister und Blumer; sie sagten zu einander: „Diese Sache hat jene Sache noch übertroffen."

Am Morgen brachen sie auf und verließen diesen Ort. Als sie des Weges zogen, erblickten sie einen Bauer, der pflügte; der trug einen Kasten auf dem Rücken. Da sagten sie zu einander: „Dieser Bauer pflügt; warum trägt er einen Kasten auf dem Rücken? Kommt, laßt uns zu ihm gehen und sehen." Sie gingen also zu ihm und trafen ihn, wie er pflügte, und auf seinen Rücken war ein Kasten gebunden. „Bauer," sagten sie, „wir haben viele Bauern gesehn, aber so einen wie dich haben wir noch nicht gesehn. Du pflügst und trägst einen Kasten auf dem Rücken?" „Ja, ich trage

ihn," erwiderte er. „Du sollst uns sagen, weshalb du den Kasten
auf dem Rücken trägst." „Was wollt ihr denn mit dieser Frage?"
„Ja, wir fragen dich." „Das ist eine Sache, die euch nichts angeht," versetzte er, „geht eures Weges!" Da sagten sie: „Nimm
dieses Goldstück und sage es uns." „Ich bin erst verheiratet, und
aus Furcht, daß jemand zu meiner Frau gehen könnte und eine
Sünde begangen würde, setze ich sie in den Kasten und nehme
sie auf den Rücken." „So laß sie einmal herunter, daß wir sie
sehen." Er ließ also den Kasten herunter von seinem Rücken und
öffnete ihn; da fanden sie, daß sie mit einem Mann in dem Kasten
war. „O du Unglücklicher, nicht hast du sie zu Hause gelassen,
da du Sünde fürchtetest; nun trägst du sie auf deinem Rücken,
sie, den Mann und die Sünde, und pflügst dabei!" Dann sagten
sie zu einander: „Kommt, wir wollen zu unseren Frauen zurückgehen; diese ganze Welt ist nun einmal so, Sünde geht von ihr
aus und hängt sich an die Menschen. Blumer möge zu seiner
Frau und der Minister zu der seinigen, und ich will zu der meinigen
gehn." Nachdem der Sultan so gesprochen hatte, ging jeder von
ihnen nach Hause. [Und die Geschichte ist aus.]

10.

Es war einmal einer, der verkaufte Öl, indem er auf den
Dörfern umherzog, um es zu verkaufen. So kam er auch einmal
in eine entlegene Gegend, ging in das Dorf hinein, um Öl zu verkaufen, und wollte in dem Dorfe übernachten. Da bereiteten sie
ihm Abendessen, deckten ihm den Tisch, setzten ihm Brot und
warmes Essen vor. Kaum saßen sie da, um zu Nacht zu essen,
da kamen alsbald Mäuse, machten sich über das Brot und das
Essen her und fraßen in Gegenwart derer, welche sich hingesetzt
hatten, um zu essen. „Wie kommt das?" fragte der Ölhändler.
Da antworteten sie: „So ist unser Leben. Sie fressen alle unsere
Vorräte; wenn wir Essen kochen, so fressen sie es. Vielleicht
weißt du einen Rat? So hilf uns gegen sie." „Was wollt ihr mir
denn geben?" fragte er. „Wir geben dir, was du verlangst." „Nun,"
sagte er, „so holt mir den Schulzen und holt mir die Dorfältesten,
damit sie mir einen Schein schreiben." Da holten sie den Schulzen
und holten den Dorfältesten und holten Muslime und Christen zusammen. Als sie zu dem Ölhändler kamen, sagte der Mann, bei
dem dieser abgestiegen war, zu dem Schulzen: „Dieser Ölhändler
hier will uns etwas bringen, was diese Tiere, welche unser Essen
und unsere Vorräte auffressen kommen, vertilgen soll." Da fragte
der Schulze den Ölhändler: „Wie nennt man diese in eurer Gegend?"
„Sie heißen Mäuse," antwortete er. „Gibt es denn bei euch etwas,
was sie vertilgt?" „Jawohl; was wollt ihr mir geben?" „Du magst
verlangen was du willst, ich, der Ortsschulze, werde es dir geben."
Da forderte er 2000 Piaster. Der Schulze erhob sich, ging an

den Häusern herum, sammelte für ihn 2000 Piaster. Dann kam er zu ihm und sagte: „Ich habe 2000 Piaster für dich gesammelt. Nun bring es mir!" „Ich werde dir etwas bringen," antwortete er. „Wenn du siehst, daß es, sobald ich es loslasse, anfängt von diesen Tieren zu fressen, so gib mir die 2000 Piaster; wenn es sie nicht frißt, so brauchst du mir nichts zu geben." „Gut," sagte er, „bringe es mir." Da stieg der Ölhändler auf seinen Gaul und ritt weg. Er zog auf den Dörfern umher, bis er ein Dorf fand, in dem es Katzen gab. Er fing eine Katze, steckte sie in einen Doppelsack, setze sich wieder auf seinen Gaul und zog zu den Leuten jenes Dorfes. Als er zum Schulzen gehen wollte, kam dieser ihm schon entgegen und sagte: „Hast du es uns gebracht?" „Ja, ich habe es euch gebracht. Aber," fuhr er fort, „ich bin hungrig; laß mir ein Frühstück bereiten." Der Schulze befahl seiner Frau, Frühstück zu bringen und es zurecht zu machen. Als die Schulzenfrau dem Ölhändler das Frühstück gebracht hatte, versammelten sich die Mäuse bei dem Essen; da nahm er die Katze aus dem Sack und ließ sie gegen die Mäuse los. Da fing die Katze an, sie zu packen und zu fressen. „Hast du gesehen, Schulze?" „Heil dir," sagte der Schulze, „frühstücke, und dann gebe ich dir die 2000 Piaster." Der Ölhändler frühstückte. Als er fertig war, kam der Schulze, setzte sich vor ihn und zählte ihm 2000 Piaster hin. Dann sagte er: „So, jetzt gehe! Glückliche Reise!" Der Ölhändler nahm die 2000 Piaster und ging in seine Heimat.

Die Katze fing an, in dem Dorfe herumzugehen und die Mäuse zu fressen. Als sie alle Mäuse vertilgt hatte, so daß keine mehr dort waren, da wurde sie groß und stark wie ein Hund. Wenn sie nun einen Vogel sah, so packte sie ihn und fraß ihn; wenn sie Tauben sah, so fing sie sie und und fraß sie. Da sagten die Dorfleute: „Kommt, laßt uns zum Schulzen gehen!" Sie gingen zum Schulzen und sagten: „Als der Ölhändler dir dieses Tier, welches die Mäuse frißt, gab, sagte er dir da nicht, wie es hieß?" „Freilich," sagte er. „Nun wie heißt es denn?" „Es heißt Katze." Da sagten sie: „Nun also, für diese Katze, o Schulze, muß Rat geschafft werden." „Wieso?" fragte er. „Sie hat die Mäuse gefressen, und nun fängt sie Vögel, und gestern hat sie sogar Tauben gefangen. Zuletzt wird sie auch die Menschen packen und sie fressen und auch nicht einen übrig lassen. Was sollen wir mit ihr anfangen?" Der Schulze antwortete: „Auf, laßt uns in das freie Feld ziehen und sie hier lassen; wenn sie im Dorf niemanden findet, so geht sie vielleicht an einen andern Ort." Da stieg einer auf das Dach und rief aus: „O ihr Dorfleute, jeder soll seine Vorräte aufladen und seine Kinder mitnehmen, und ihr sollt alle herausgehen und im freien Feld euch niederlassen, damit euch die Katze nicht fresse." Da holten die Leute ihr Vieh heraus, luden ihre Vorräte und ihre Kinder auf und zogen ins Feld. Die Katze ließen sie im Dorfe zurück und zogen weg. Nachdem sie einen Monat dort gewohnt hatten, sagte der Schulze: „Es sollen zwei gehen auskundschaften; sehet zu, ob die Katze noch da oder ob sie weggegangen ist." Es begaben sich also zwei in das Dorf. Als sie fanden, daß sie noch da war, kehrten sie zum Schulzen zurück und sagten ihm: „Sie ist noch da, Schulze!" Da sagten einige: „Kommt, wir wollen gehen und das Dorf zerstören; wenn ¹wir machen, daß¹ die Steine sie treffen, so wird sie wohl sterben." Sie gingen in das Dorf und zerstörten die Häuser. Die Katze aber ging aus dem Dorfe heraus und kletterte auf die Bäume. Da gingen sie zum Schulzen und sagten: „Wir haben das Dorf zerstört, aber sie ist auf die Bäume gestiegen." Er aber befahl: „Gehet hin und haut die Bäume ab." Die Leute gingen hin und hieben die Bäume ab. Da kam aber die Katze von den Bäumen herunter und setzte sich auf die Balken der zerstörten Häuser. Da gingen sie wieder zum Schulzen und klagten ihm: „O Schulze, wir haben die Bäume abgehauen, sie aber hat sich auf die Balken gesetzt, die von den Dächern der Häuser übrig geblieben sind." Da riet der Schulze: „So geht hin und verbrennt das Dorf." Sie taten dies; da lief die Katze aus dem Dorfe heraus und setzte sich in die Gärten. Als sie zum Schulzen zurückkehrten, fragte dieser: „Ist die Katze mit verbrannt, als ihr das Dorf verbranntet?" Sie antworteten: „Wir verbrannten das Dorf, aber sie ist zum Dorfe herausgelaufen und hat sich in den Gärten niedergelassen." „Wenn sie in die Gärten gegangen ist," erwiderte er, „so geht sie vielleicht anderswohin. Bleibet ruhig zehn Tage hier, dann wird sie sich ärgern und weggeben." Nach zehn Tagen sagte der Schulze: „Geht einmal sehen, ob sie weggegangen ist." Als sie in das Dorf kamen, fanden sie, daß sie noch da war; sie saß grade da und putzte sich. Da sagte einer: „Sie legt ihre Pfote an ihr Maul und wischt über ihr Maul; was mag sie wohl sagen?" Da erwiderte ein anderer: „Diese sagt dir: ‚Hab nur Geduld, morgen fresse ich ²eure Großen und eure Kleinen²!' Jetzt wird sie uns nachlaufen und uns fressen: kommt, laßt uns eilen!" Eilig liefen sie zum Schulzen zurück, und als dieser sagte: „Ist sie gegangen?", antworteten sie: „Wohin soll sie gegangen sein? Sie hat ihre Pfote an ihr Maul gelegt und hat über ihr Gesicht gewischt und hat gesagt: ‚Morgen werde ich eure Großen und eure Kleinen fressen!'" „So hat sie zu euch gesagt? Nun dann bleibet ruhig hier und geht nicht hin." So blieben sie also im freien Felde wohnen.

Nach einiger Zeit kam der Ölhändler wieder in jene Gegend, fand das Dorf zerstört und verbrannt und die Bäume abgehauen. Da sagte er: „Was ist denn diesem Dorfe geschehn?" Er ging heraus und gelangte zu dem Orte, wo die Leute waren. Da dachte er: „Halt, ich will zu diesen Leuten gehen und sie fragen, warum sie auf dem freien Felde wohnen." Er ging also zu ihnen und fragte: „Weshalb wohnt ihr auf dem Felde?" Da antworteten sie

---

1 [zu streichen].   2 d. h. euch alle.

ihm: „Uns hat schweres Unglück getroffen." Er fragte weiter:
„Warum ist dieses Dorf dort zerstört?" Sie erwiderten: „Das ist
unser Dorf." „Weshalb habt ihr es denn zerstört und verbrannt?"
Da erzählten sie: „Zu uns kam ein Ölhändler, so wie du, der saß
da und wollte essen. Da hatten wir Tiere bei uns, deren Namen
wir nicht kannten, die kamen und machten sich an das Essen
und fraßen es. Da fragte er, wie das komme; wir antworteten
ihm: ‚Diese Tiere kommen zu uns heraus und fressen uns unser
Essen weg.' Dann fragten wir ihn, ob er ihren Namen kennte, und
er sagte uns: ‚Ja, ich kenne ihn, sie heißen Mäuse.' Da haben
wir ihm 2000 Piaster gegeben, und da hat er uns ein Tier gebracht, das hieß Katze, das fraß die Mäuse und fraß die Vögel und
fing an, die Tauben zu fangen, und wollte gar die Menschen fressen.
Da zogen wir aus dem Dorfe, aber sie ging nicht fort. Wir zerstörten die Häuser, damit die Steine sie treffen möchten und sie
sterbe; aber kein Stein traf sie, und sie starb auch nicht. Da verbrannten wir die Häuser und sagten: ‚Vielleicht fällt sie in das
Feuer und verbrennt.' [Aber sie fiel nicht hinein.] Dann hieben
wir die Bäume ab, damit sie aus dem Dorfe weggehe, aber sie
ging nicht. Dann blieben wir zehn Tage ruhig sitzen; dann schickten
wir Leute, die sollten auskundschaften, ob sie noch da wäre oder
ob sie gegangen wäre. Diese Leute fanden, daß sie noch da war;
sie legte ihre Pfote an ihr Maul und wischte über ihr Gesicht und
sagte zu den Leuten: ‚Morgen fresse ich eure Großen und eure
Kleinen.'" So erzählten die Dorfleute dem Ölhändler. Da fing
der Ölhändler an zu lachen und sagte: ‚Ich bin der, welcher sie
euch gebracht hat." „Ach, bitte," sagten sie, „so nimm doch die
Katze, die du uns gebracht hast, wieder weg." „Soll ich sie denn
ohne Lohn wegnehmen?" fragte er. „Als du sie uns brachtest,"
versetzten sie, „haben wir dir 2000 Piaster gegeben; und nun
nimm sie weg, so wollen wir dir wieder 2000 Piaster geben."
„Gut," sagte er, „bringt 2000 Piaster, dann will ich ins Dorf gehen
und sie nehmen." Sie gaben ihm also 2000 Piaster, er ging ins
Dorf und fand die Katze und rief: „Komm, Mietze, Mietze!" Da
kam sie zu ihm, er hob sie mit der Hand in die Höhe und steckte
sie in den Sack. Der Schulze sagte: „Geht hinter ihm her, aber
so, daß er euch nicht sieht, damit sie nicht an euch kommt und
euch frißt, und sehet, ob er es wagt, sie zu nehmen." Da folgten
sie dem Ölhändler und fanden, daß er die Katze schon genommen
hatte und weggegangen war. Sie kehrten zum Schulzen zurück
und erzählten ihm, daß er sie genommen habe und weggegangen
sei. Da sagte er: „Jetzt macht euch auf, packt eure Sachen und
eure Vorräte auf und geht und laßt euch in den Gärten nieder."
Sie zogen also in die Gärten und wohnten dort und fingen an, ihr
Dorf wieder aufzubauen; jeder Mann baute sich ein Haus und
wohnte darin. Sie sagten zum Schulzen: „Nun werden diese
kleinen Tiere wieder unsere Vorräte fressen, aber das ist besser

als jenes große Tier, welches die Mäuse gefressen hat und uns fressen wollte."

Als der Ölhändler wieder in seine Heimat gelangt war, ließ er die Katze wieder aus dem Sacke. Da versammelten sich die Leute bei ihm und betrachteten die Katze. Dann sagten sie: „Das ist eine große Katze, woher bringst du sie?" „Kommt," sagte er, „das will ich euch erzählen. In jener Gegend wissen die Leute auch nichts." „Wieso?" fragten sie. ‚Ich ging in jene Gegend.' ‚Ist sie weit?' unterbrachen sie ihn. „Ein Mann muß wohl einen Monat gehen, bis er dorthin gelangt." „Schön," sagten sie. Dann fuhr er fort: „Ich kam also in ein Dorf, sie bereiteten mir ein Abendessen, da kamen Mäuse, die fraßen mir das Brot und das Essen und gingen dann wieder in ihre Löcher hinein. Ich sagte zu den Leuten: ‚Wie kommt das?' Da antworteten sie: ‚So ist es! Sie fressen unsere Vorräte, sie fressen unser Essen, und sie lassen uns nichts übrig.' Da fragte ich sie: ‚Was wollt ihr mir geben, wenn ich euch etwas bringe, was sie frißt und euch auch nicht eine von ihnen übrig läßt?' Sie sagten: ‚Wir geben dir 2000 Piaster.' Da kam ich in diese Gegend und holte ihnen eine Katze. Sie gaben mir 2000 Piaster und ich kam zurück. Nachdem ich zwei Monate weggeblieben war, ging ich wieder zu ihnen; da fand ich sie auf dem freien Felde sitzen, und sie hatten ihr Dorf zerstört und die Bäume abgehauen und ihr Dorf verbrannt und fürchteten sich vor der Katze. Diese hatte die Mäuse gefressen, als sie aber sahen, wie sie Vögel und Tauben fraß, da fürchteten sie sich, die Katze würde sie fressen. Da gaben sie mir 2000 Piaster, und ich nahm die Katze wieder mit." „Gott möge ihnen helfen," erwiderten jene, „die Leute haben keinen Verstand." So erzählte der Ölhändler den Leuten seines Dorfes von jenem Dorfe, und behielt die Katze bei sich. Und nun ists aus.

11.

Es war einmal ein reicher Kaufmann, der hatte nur einen Sohn. Als er nun alt geworden war, wurde er krank und wollte sterben. Da sagte er: „Mein Sohn, es ist viel Vermögen und viel Geld vorhanden; das Geld sollst du teilen, eine Hälfte für dich, und die andere Hälfte verteile unter die Armen und Dürftigen." „Jawohl, mein Vater," erwiderte er. Als der Vater gestorben war, teilte der Sohn das Geld, nahm die eine Hälfte für sich, und die andere wollte er verteilen. Er fing an auszuteilen; die Leute kamen zu ihm, und er gab ihnen Geld. So verbreitete sich sein Ruf in der Stadt; es hieß: der und der teilt unter die Armen und Dürftigen Geld aus. Wenn jemand zu ihm kam, so fragte er ihn, wie viele Kinder er habe, und bestimmte dann nach der Anzahl der Kinder, wie viel jeder bekommen sollte. Kam eine Frau, so fragte er sie, ob sie einen Mann habe oder nicht, und gab derjenigen, welche keinen hatte, mehr als derjenigen, welche einen hatte. So gab er einem jeden nach seinem Bedürfnis.

Nun war da eine namens Schicha Machsäntscha, die sagte zu ihrer Nachbarin: „Da ist einer, der teilt Geld aus; komm, laß uns zu ihm gehn." „Ja, komm," sagte sie, und so begaben sie sich zusammen zu ihm. Nachdem sie ihr Gesicht bedeckt hatten, gingen sie zur Türe hinein; eine von ihnen fragte: „Bist du es, der Almosen austeilt?" Als er dies bejaht hatte, bat sie: „So gib auch uns." Er zählte ihnen Geld hin, jeder 290 Piaster, gab sie ihnen, und die beiden gingen wieder weg. Als sie ein wenig von der Haustür entfernt waren, setzte sich Schicha Machsäntscha auf die Erde und zählte das Geld. Es ergab sich für jede 290 Piaster. Da sagte sie zur Nachbarin: „Gib her, ich will sie ihm zurückbringen; kann er nicht die 300 Piaster voll machen? Ist das ein Geschenk für reiche Leute?" Sie nahm der Nachbarin das Geld ab, ging an die Haustüre und warf sie ihm hin, indem sie sagte: „Da, nimm, wenn du nicht gering wärest, so hättest du uns nicht zu gering gegeben." Da rief er ihr zu: „Komm, ich will dir etwas sagen; komm, laß uns sehen, was du wünschest; komm, laß uns sehen, was du bedarfst; komm, sprich mit mir und sieh zu, was du willst, ich gebe es dir!" Sie aber antwortete ihm nicht, sondern ging nach Hause. Da befahl er einem, der bei ihm war, er möchte sehen gehn, wo ihr Haus sei. Jener folgte ihr; sie trat in ihr Haus und verriegelte die Türe. Da machte er ein Zeichen an die Türe und ging zu dem Kaufmannssohne zurück. Der fragte ihn: „Hast du ihr Haus gemerkt?" „Ich habe es gemerkt." „Und hast du ein Zeichen daran gemacht?" „Ja, ich habe es bezeichnet." Da machte er sich auf, ging zu ihr hin und klopfte an die Türe; sie aber wollte ihm nicht öffnen. Er kehrte nach Hause zurück und dachte: „Am Abend will ich wieder hingehn." Am Abend ging er hin, klopfte an die Türe; aber niemand antwortete ihm. Da ging er wieder nach Hause und dachte: „Am Morgen will ich hingehn." Am Morgen ging er hin und klopfte an die Türe, bis er zu klopfen müde wurde; aber niemand öffnete ihm. Da dachte er: „Ich will zum Sultan gehn und sehen, ob er vielleicht Rat weiß." Er ging also zum Sultan, trat in den Audienzsaal ein, und als der Sultan ihn fragte: „Was ist dir, Mann, trage deine Sache vor, was dir widerfahren ist!", erwiderte er: „Was mir widerfahren ist — da ist einer, der fürchtet sich weder vor dir noch vor Gott." „Wehe dir," versetzte der Sultan, „es soll Leute geben, die sich vor mir nicht fürchten?" „Es gibt solche," wiederholte er, „die sich nicht vor dir fürchten." Da befahl der Sultan: „Bringt ihn ins Gefängnis; es soll Leute geben, die mich nicht fürchten?" Sie führten ihn also ins Gefängnis, und er brachte die Nacht dort zu. Am andern Morgen stand der Sultan zornig auf und befahl: „Bringt diesen Halunken her, der gesagt hat, es gebe Leute, die sich nicht vor mir fürchten; bringt ihn her, wir wollen sehen, was er heute

sagt; vielleicht war er gestern betrunken." Sie holten ihn aus dem
Gefängnis, und als er eingetreten war, fragte der Sultan gleich:
„Webe dir, mit wem hast du zu tun?" „Mit einem, der sich weder
vor dir noch vor Gott fürchtet," erwiderte er. „Was,' rief der
Sultan, „du sagst mir noch einmal, es gebe Leute, die sich nicht
vor mir fürchten?" „Ich sage es dir." Darauf ließ er ihn wieder
ins Gefängnis bringen.

Am andern Morgen in der Frühe befahl er, ihn vorzuführen,
und als dies geschehen war, sagte er: „Geht, schlagt ihm den
Kopf ab!" Jedoch der Minister wandte ein: „Aber, o Sultan,
frage ihn doch, wer denn der ist, der sich nicht vor dir fürchtet,
ehe du ihm den Kopf abschlagen lässest." „Gut," sagte der Sultan,
„so bringt ihn wieder her." Darauf fragte er den Mann: „Wer
ist denn dieser, der sich nicht vor mir fürchtet?" „Die Liebe,"
erwiderte er: „es braucht sich einer nur zu verlieben, so fürchtet
er sich weder vor dir noch vor Gott; sie wirft den Menschen in
die Hölle, er fürchtet sich weder vor dir noch vor Gott." „Wie
kam es denn," fragte der Sultan, „daß dich diese Sache getroffen
hat?" Er antwortete: „Mein Vater war Kaufmann, und als sein
Ende herannahte und er sterben wollte, sagte er: ‚Mein Sohn, es
ist Vermögen und Geld in Menge vorhanden, teile es mit den Armen;'
und, o Herr, als nun mein Vater gestorben war, da teilte ich das
Geld in zwei Hälften, die eine für mich und die andere für die
Armen und Dürftigen. Alle Leute nun, welche kamen und Geld
empfingen, haben mir nichts gesagt; aber da kamen zwei Frauen-
zimmer zu mir, denen gab ich auch, und sie gingen hinaus, gleich
darauf aber kamen sie zurück, blieben in der Türe stehn, warfen
mir das, was ich ihnen gegeben hatte, hin und sagten: ‚Nimm, du
bist gering und hast uns gering gegeben.' Ich folgte ihnen und
rief: ‚Kommt, laßt uns sehen, was ihr wünschet, so will ich es
euch geben;' aber sie gaben mir keine Antwort." Da fragte der
Sultan: „Und kennst du ihr Haus?" „Ja, ich kenne es; schicke
Gensdarmen mit mir, so will ich ihnen ihr Haus zeigen." Er gab
ihm zwei Gensdarmen mit, denen er das Haus zeigte. Als sie zum
Sultan zurückkamen, fragte dieser die Gensdarmen: „Mit wem hat
dieser Mann zu tun?" „Mit der Schicha Machsäntscha," berichteten
sie. „Ist sie diejenige," fragte der Sultan, „welche zu dir gesagt
hat: ‚Du bist gering und hast gering gegeben?'" „Jawohl," versetzte er, „und als sie es zu mir sagte, da verliebte ich mich in
sie; nur dieses Wort hat sie zu mir gesagt, und bis jetzt hat sie
mir nicht weiter geantwortet." Da sagte der Sultan: „Mein Sohn,
dieses Mädchens Vater ist gefangen im Zwinger von Damaskus,
und es gehen viele Freier zu ihr, sie aber schwört, sie werde keinen
freien, wenn nicht ihr Vater herauskomme aus dem Zwinger von
Damaskus." „So halte du für mich bei ihr an," bat der junge
Mann, „und laß dich ihren Vater nicht kümmern." Da schrieb der
Sultan ihr einen Brief und schickte ihn ihr durch drei Reiter. Sie

schrieb die Antwort und schickte sie ihm: „Beim Haupte meines
Vaters, ich kann nicht ja sagen, wenn nicht der Sultan in eigener
Person zu mir kommt." Als der Sultan den Brief gelesen hatte,
fragte der Minister, was sie geschrieben habe. „Sie schwört,"
sagte er, „beim Haupte ihres Vaters, sie könne nicht ja sagen, es
sei denn, daß ich zu ihr komme." Darauf stieg der Sultan zu
Pferde und begab sich zu ihr. „Schicha Machsüntscha," sagte er,
„du schwörst beim Haupte deines Vaters, du wollest nicht ja sagen,
wenn ich nicht zu dir komme." „O Herr," erwiderte sie, „Gott
möge dein Leben verlängern, du hast mir einen eigenhändigen
Brief geschrieben, und ich will deine Majestät nicht abweisen; deshalb wünsche ich, daß du zu mir kommst, damit ich es dir erzählen und es dir sagen kann; weißt du nicht, daß ich keine
Werbung annehme und keine Heirat eingehe, wenn nicht mein Vater
frei kommt von dem Zwinger von Damaskus?" „Das habe ich
dem Manne gesagt," versetzte er, „nimm ihn also nicht, es sei
denn, daß er ihn befreie." „Gut," sagte sie, „dann weise ich deine
Majestät nicht ab." Darauf ging der Sultan zu dem Mann, und dieser
fragte: „Was hat sie dir gesagt?" Er antwortete: „Wenn du ihren
Vater befreist, so nimmt sie dich." „Gut," sagte er und begab
sich nach Damaskus.

Dort fragte er: „Wo ist der Zwinger von Damaskus?" Da
sagte ihm ein Mann in mittleren Jahren: „Mein Sohn, was hast
du mit ihm zu tun, daß du nach ihm fragst?" Er antwortete:
„Aber, was (wer) ist er?" „Mein Sohn," sagte er, „in der Frühe
des Tages kommt ein Mohr heraus in die Ebene der Sinanije und
ruft: ‚Ritter nach Ritter bis zu hundert Rittern mögen in die Bahn
kommen zu dem Ritter!' Dann kommen zu ihm in die Bahn die
Ritter, und er besiegt sie und setzt sie gefangen; ein Jahr schon
treibt er es so, und keiner vermag etwas über ihn. Komm, ich
will dich zu den Leuten führen, welche der Mohr gefangen gesetzt
hat." So erzählte der Mann dem Jüngling; der aber bat ihn, ihm
den Ort des Turnierspiels zu zeigen. Er führte ihn also dorthin.
Kaum war es Morgen geworden, so erschien der Mohr von weitem,
und die Leute, die in den Läden saßen, sagten: „Der Ritter ist
gekommen." Der Jüngling aber setzte sich zur Seite. Der Mohr
machte in der Bahn halt und rief: „Ritter nach Ritter bis zu
hundert Rittern mögen in die Bahn kommen zu dem Ritter!" Da
ritt einer zu ihm in die Bahn und kämpfte mit ihm, jedoch vermochte er nichts über ihn, sondern der Mohr besiegte ihn und
nahm ihn gefangen und ging weg. Als der junge Mann alles dieses
gesehen hatte, erhob er sich und ging nach Haus.

Am folgenden Tage stieg der junge Mann zu Pferde und legte
seine Waffen an, ritt hin und stieg auf dem Turnierplatze ab. In
der Frühe des Tages kam der Mohr, machte in der Mitte des
Platzes halt und rief: „Ritter nach Ritter bis zu hundert Rittern
mögen in die Bahn kommen zu dem Ritter!" Da bestieg der junge

Mann sein Roß und ritt in die Bahn, um zu kämpfen. Sie kämpften bis zum Mittag: da siegte der Jüngling, warf den Mohren hin und wollte ihn töten. „Töte mich nicht," rief er, „ich bin ein Mädchen!" „Du bist ein Mädchen," fragte er, „und nimmst alle diese Leute gefangen?" „Folge mir nach Haus," erwiderte sie, „und siehe, ob ich ein Mädchen bin oder ein Mann." Da folgte er ihr nach Haus. Als sie dort hingekommen war, zog sie die Männerkleidung aus, wusch sich und legte Weiberkleidung an, und kam so zu ihm heraus. „Aber weshalb," sagte er, „handelt ein Mädchen so?" „Ich nehme Tinte," sagte sie, „und färbe mein Gesicht und meine Hände und Füße und mache mich zu einem Neger." „Aber weswegen tust du so?" „Ich," antwortete sie, „suche einen Mann, der stärker ist als ich; den will ich nehmen. [Du bist stärker als ich,] du bist für mich und ich bin für dich." „Für mich," sagte er, „hat der Sultan mit Schicha Machsäntscha gesprochen, daß sie mich nehmen soll. Und sie hat geschworen, keine Werbung anzunehmen, wenn ihr Vater nicht aus dem Gefängnis herauskäme. Ist nun der Vater des Schicha Machsäntscha unter den Gefangenen, welche du in diesem Zwinger, den du gemacht hast, gefangen gesetzt hast?" Als sie dies bejaht hatte, fuhr er fort: „Es ist Bedingung, daß ich ihn befreie und daß Schicha Machsäntscha meine Werbung annimmt." Da sagte sie: „Heirate doch uns beide, mich und sie!" Darauf begab er sich in das Gefängnis, ließ die Gefangenen alle heraus und unter ihnen auch den Vater der Schicha Machsäntscha. Dann kehrte er zum Sultan zurück und sagte ihm: „O Herr! ich habe den Zwinger von Damaskus gebrochen." „Heil dir!" erwiderte der Sultan, nahm tausend Piaster heraus und gab sie ihm zum Geschenk. Der Jüngling blieb noch eine Zeit lang bei dem Sultan sitzen und sagte ihm: „O Herr! dieser Zwinger, welcher in Damaskus war und durch welchen (in welchem) alle diese Leute gefangen saßen, und der Mohr, vor dem sie sich fürchteten, war ein Mädchen." „Woher weißt du, daß es ein Mädchen war?" fragte der Sultan. Er antwortete: „Ich warf den Mohren hin und wollte ihn töten; da sagte er zu mir: ‚Töte mich nicht, ich bin ein Mädchen.' Ich sagte: ‚Warum handelt ein Mädchen so?' Er sagte: ‚Komm mit mir nach Haus.'" Da fragte der Sultan: „Ein Negermädchen oder eine Weiße?" „Eine Weiße!" antwortete er. „Aber warum war denn eine Weiße so schwarz?" „O Herr!" erwiderte er, „sie nimmt Tinte und färbt sich Gesicht, Hände und Füße und macht sich zu einem Mohren". „Hast du sie denn nicht gefragt, weshalb sie so tut?" „Ich habe sie gefragt, weshalb sie das tut." [„Was hat sie dir gesagt?"] „Sie sagte mir, sie wolle nur einen Mann, der stärker sei als sie, nehmen, und sagte mir: ‚Du bist für mich und ich bin für dich.' Da sagte ich ihr: ‚Der Sultan hat für mich die Schicha Machsäntscha gefreit.' Da sagte sie: ‚Wir alle beide wollen dich heiraten.' Nun, o Herr, wie Du willst." Der Sultan erwiderte: „Ich will, daß sie dir beide gehören sollen." Darauf ließ er die beiden kommen, betete über ihnen und verheiratete sie alle beide mit ihm; [zur einen ging er die erste Nacht, und zur andern die zweite Nacht.] Und so lebten sie weiter, und die Geschichte ist zu Ende. — [Gott erhalte deinen Mund.¹]

12.

Es war einmal eine Frau, die war auf dem Markte von Damaskus und kaufte verschiedene Gegenstände ein. Da sah sie einer vor dem Laden stehen, wie sie Leinentuch kaufte; er trat zu ihr und sagte ihr: „Wenn du Geld willst, so will ich es dir geben." Sie gab ihm keine Antwort. Darauf ging sie zu einem andern Laden und kaufte Tücher. Er kam wieder zu ihr und sagte ihr: „Wenn du das Geld für die Tücher haben willst, so will ich es dir geben." Sie gab ihm keine Antwort. Dann kaufte sie Kappen, und er sagte wieder: „Wenn du das Geld für die Kappen haben willst, so will ich dir es geben." Da sagte sie: „Jetzt gehe ich aber und hole dir drei Gensdarmen, damit sie dich binden und zum Vogt bringen. Weshalb willst du mir Geld geben? Bist du doch nicht mein Bruder noch mein Vetter noch mein Mann. Du hast mich angeredet, als ich Leinentuch kaufte, ich gab dir keine Antwort; dann sprachst du mich an, als ich Tücher kaufte, ich gab dir keine Antwort; nun bin ich gekommen, Kappen zu kaufen, und du bist mir gefolgt; ich werde dich mitnehmen vor den Vogt, da wollen wir sehen, weswegen du mir Geld geben willst. Geh und sei vernünftig und denke nicht, daß die Frauen anständiger Leute auf Abwegen gehen." Da ging er hin, versammelte drei, vier Knaben, gab jedem von ihnen einen Groschen, zeigte ihnen die Frau und befahl ihnen: „Wohin sie immer geht, da nehmt Steine in eure Hände und macht Lärm hinter ihr und ruft: ‚Tantchen, weshalb hast du auf der Straße gef..zt?'" Die Knaben folgten ihr also und fingen an, mit Steinen Lärm hinter ihr her zu machen und ihr zuzurufen: „Tantchen, weshalb hast du auf der Straße gef..zt?" Da wurden die Leute aufmerksam und schauten hin, weshalb wohl die Knaben so zu der Frau sagen möchten. Nun war da ein Mädchen, das redete sie an: „Tantchen!" „Was gibts?" erwiderte sie. „Weswegen verfolgen dich die Knaben und sagen dies zu dir?" „Wegen eines schlechten Kerls," antwortete sie. Das Mädchen schlug nun die Jungen und suchte sie von ihr wegzutreiben, aber sie ließen nicht von ihr ab. Die Frau sah sich um und fand, daß jener Mann, welcher den Knaben gesagt hatte, sie möchten ihr nachlaufen und so zu ihr sagen, hinter den Knaben herging. Da rief sie ihm und sagte: „Komm, ich will dir etwas sagen." „Was denn?" fragte er. „Wer mit einem

---

1 [Formel des Dankes für die Erzählung].

andern sprechen will," erwiderte sie, "[1](der mag dies tun), wer aber mit einer Frau sprechen will[1], der geht zu ihrem Hause, um mit ihr zu sprechen. Du dagegen sagst mir in Gegenwart der Ladenbesitzer, du wolltest mir Geld geben; sie werden hingehn und es meinem Manne sagen. Komm mit nach Hause, rauche eine Pfeife, frühstücke und vergnüge dich. Hast du die Jungen um mich versammelt, um mich an die große Glocke zu hängen?" Da rief er die Knaben, gab jedem wieder einen Groschen und sagte ihnen: "Schweigt jetzt und geht nach Hause!" Die Knaben nahmen jeder seinen Groschen und gingen nach Hause. Darauf fragte er die Frau: "Wo ist dein Haus?" "Komm," erwiderte sie, "wir wollen zusammen hingehn." So ging sie mit ihm zu ihrem Hause; dort sagte sie zu ihm: "Setz dich hierhin, unsere Wasserpfeife ist in der Nachbarschaft, ich will hingehn sie holen und dir eine Pfeife zurechtmachen." Sie ließ ihn also im Hause und ging weg.

Ihr Mann hatte eine Bude, in welcher er webte, denn er war seines Zeichens Weber. Sie ging rasch zu ihm und bat ihn, nicht lange zu verweilen, sondern nach Hause zu kommen; und als er sie fragte, was es denn zu Hause gebe, antwortete sie: "Ich habe dir ein Frühstück zubereitet, komm frühstücken." Darauf holte sie die Wasserpfeife, kam wieder nach Hause und sagte zu dem Manne, den sie dort hatte niedersitzen heißen: "Ich will dir eine Pfeife zurechtmachen." "Tue es," erwiderte er. Während sie hiermit noch beschäftigt war, wurde an die Türe geklopft. Da fragte der Mann: "Wer klopft an die Türe?" "Mein Mann," erwiderte sie. "Wo willst du mich denn verstecken?" "Steh auf, verstecke dich in dem Kasten!" Damit öffnete sie den Kasten und ließ ihn in denselben hineinsteigen. Darauf verbarg sie ihre Pantoffeln und ließ seine Schuhe draußen. Ihr Mann trat ein und sagte: "Nun, was gibts, Frau?" "Komm und frühstücke," sagte sie. Er aber entgegnete: "Du hast ja [2]einen Männerschuh[2] bei dir, wem gehört der?" "Meinem Liebhaber," erwiderte sie. "Wo ist er?" "Im Kasten." Der Mann im Kasten geriet in große Furcht; vor Furcht fiel ihm das Herz in die Hosen, er ließ alles unter sich gehn und beschmutzte seine Kleider. Der Mann der Frau sagte: "Jetzt werde ich dich und ihn töten." "Weshalb willst du mich denn töten?" entgegnete sie. "Wenn ich wirklich Liebhaber hätte, würde ich dir dann sagen: ,Mein Liebhaber ist bei mir?' "Aber wem gehört denn der Schuh?" "Ich war zur Nachbarin gegangen, um Feuer zu holen, da habe ich die Schuhe ihres Mannes angezogen und bin so hergekommen." Da sagte er: "Nun, so bring denn das Frühstück und laß uns frühstücken." Sie brachte es ihm, und er aß; dann stand er auf und ging wieder zu seinem Laden.

---

1 [und zwar mit einer Frau].   2 [Männerschuhe; und entsprechend weiter].

Als sie nun den Mann aus dem Kasten hinausließ, da fand sie ihn über und über besudelt und mit beschmutzten Kleidern. „Komm heraus," sagte sie, „der Schlaue ist der, welcher es zu Wege brachte, daß du dich in dem Kasten vor Furcht besudeltest. Bist du nicht derjenige, welcher die Knaben bestochen und ihnen gesagt hast, sie sollten gehn und sagen: ‚Tantchen, weshalb hast du auf der Straße gef..zt?‘ Ich hätte meinem Manne sagen sollen, er möchte dich binden und vor den Vogt führen, damit sie dich aufhängen, auf daß du lernest, was es heißt, die Frauen anständiger Leute zu beschimpfen; ich bin ehrbarer Leute Kind, nicht bin ich hinter der Hecke geboren wie du, Mann, du Lumpenkerl!" Darauf sagte sie: „Ein andermal wirst du wissen, was es heißt, anständiger Leute Töchter zu beschimpfen," und ließ ihn heraus auf die Straße. Da folgten ihm die Knaben: „Dieser Mann besudelt sich, beschmutzt seine Kleider!" Er fing an, auf der Straße zu laufen, und die Jungen liefen hinter ihm her. So kam er nach Hause und klopfte an die Türe. Seine Frau kam heraus und fand, daß seine Kleider feucht waren und mit Kot besudelt. Da fragte sie: „Wie kommt das, Mann?" Er erwiderte: „Mir tat der Bauch weh, und es gelang mir nicht mehr, die Hose auszuziehen." Darauf brachte seine Frau ihm andere Kleider, und er zog sie an.

Als der Mann jener andern Frau nach Hause kam, sagte er zu ihr: „Du hast mich heute Vormittag gerufen, ich möchte frühstücken kommen; an andern Tagen bist du nie gekommen mich rufen; wie geschah es denn, daß du mich heute rufen kamst?" Sie antwortete: „Wenn die Lüge rettet, so rettet die Wahrheit noch viel mehr." „Wieso, Frau?" „Ich war auf den Markt gegangen, um Leinentuch und Tücher und Kappen für die Knaben zu holen, und stand da an einem Laden: da kam einer zu mir und sagte: ‚Wenn du Geld willst, so will ich es dir geben;‘ ich gab ihm keine Antwort. Als ich darauf Tücher kaufte, trat er wieder zu mir und sagte: ‚Wenn du das Geld für die Tücher haben willst, so will ich es dir geben;‘ ich gab ihm keine Antwort. Wie ich nun Kappen kaufte, sagte er wieder dasselbe zu mir. Da sagte ich ihm: ‚Geh, oder ich hole dir drei Gensdarmen, daß sie dich zum Vogt führen; was bist du denn von mir, daß du mir Geld geben willst?‘ Nun ging er hin, suchte sich einige Knaben, gab ihnen drei Groschen und sagte ihnen: ‚Folgt dieser Frau und ruft ihr nach, sagt ihr: »Tantchen, weshalb hast du auf der Straße gef..zt?«‘ Die Jungen folgten mir nun und riefen mir dieses nach. Die Leute fingen an zu fragen: ‚Weshalb mögen wohl die Knaben so zu dieser Frau sagen?‘, und ich schämte mich. Ich schaute mich um, da erblickte ich ihn. Da sagte ich ihm: ‚Komm, laß uns nach Hause gehn, mache nur, daß die Buben hinter mir schweigen.‘ So nahm ich ihn mit und kam hierher; dann ging ich dich rufen und verbarg ihn im Kasten; in seiner Angst ließ er alles unter sich gehn, und als du weggegangen warst, ließ ich ihn aus dem Kasten heraus mit besudelten Kleidern. Die Jungen fingen an, ihm nachzulaufen: ‚Kommt, steht euch mal diesen Mann an! Ein großer Mann und macht noch in die Hosen!'" Da sagte der Mann: „Bravo! Nicht aller Vögel Fleisch wird gegessen, und nicht mit allen Frauen läßt sich heillose Rede führen." [Und so lebten sie weiter. Es ist aus.]

13.

Die Angehörigen der Beriktha waren Götzendiener. Sie verlobten sie und wollten sie dem Bräutigam antrauen, sie aber wollte nicht. Sie schlugen sie und züchtigten sie und wollten sie mit Gewalt verheiraten. Sie aber entfloh, und man schickte Männer zu ihrer Verfolgung aus. Wie sie nun eilig dahinlief, erblickte sie einen Bauern, zu dem sagte sie: „Wenn Leute kommen und nach mir fragen und dich fragen, ob bei dir ein Mädchen vorbeigekommen sei, so antworte: ‚Ja, es ist vorbeigekommen,' und wenn sie dich dann weiter fragen, wann es bei dir vorbeigekommen sei, so sage: ‚An dem Tage, da ich diese Frucht säete.'" Der Bauer säete, und die Saat ging alsbald auf und schoß hinter ihm her in die Ähren auf jenem Acker. Da kamen [die] Leute zu ihm und fragten ihn: „Ist hier bei dir ein Mädchen vorbeigekommen?" „Ja," erwiderte er, „es ist vorbeigekommen." „Wann ist es vorbeigekommen?" fragten sie weiter. „An dem Tage, da ich diese Frucht säete." Da sagten sie: „Diese Frucht steht schon in Ähren; wie wollen wir das Mädchen erreichen?", und kehrten in ihr Dorf zurück.

Das Mädchen kam zu einem Felsen, da bat es: „O Gott, öffne vor mir und schließe hinter mir!" Da spaltete sich der Fels für sie, und es wurde ihr ein Weg, und sie schritt mitten durch den Felsen. Darauf gelangte sie in das Dorf[1], ging zur Quelle hinein und legte ihre Hand auf den Felsen; unter ihren Fingern sprudelten Wasserquellen hervor. Dann ging sie wieder hinaus und kam weiter zu einem Orte, an welchem sich in dem Felsen eine Nische befand. In dieser setzte sie sich, und der Fels ließ Wasser für sie hinabtröpfeln, und sie trank dieses Wasser. Bald hieß es: „Da ist ein fremdes Mädchen, das wohnt da im Felsen;" und die Leute des Dorfes pflegten ihm Essen zu bringen. Als das Mädchen starb, begruben sie es in jener Nische, in welcher es wohnte. Wunder fingen an von ihm auszugehn, und diejenigen, welche Gicht hatten, gingen zu ihr um Heilung bitten, und sie heilte sie. Da bauten sie ihr ein Kloster, und die Leute wallfahrteten dorthin. Friede sei über ihr!

---

[1] Wahrscheinlich: an die Stelle, wo jetzt das Dorf steht, und legte an der Stelle, wo jetzt die Quelle ist, ihre Hand, usw.

B. Übersetzt von Socin.

14.

Es war einmal eine Frau, die war im Begriff zu sterben; da sagte sie zu ihrem Manne: „[Mir zuliebe,] o Mann!" — sie hatte einen Pantoffel machen lassen — „heirate keine, der dieser Pantoffel nicht an den Fuß paßt!" Er suchte mit vieler Mühe überall herum; aber er fand niemand, dem der Pantoffel an den Fuß paßte; er fand niemand als seine Tochter. Er fragte sie: „O Tochter! der Baum, der im Hof steht, gehört er mir oder meiner Nachbarin?" Sie antwortete: „Dir." Er sagte: „Also wohlan! ich will dich zur Frau nehmen." Sie erwiderte: „Gut, Vater! aber laß mir zuerst ein Kämmerchen bauen!" Da begab er sich zum Tischler und forderte ihn auf: „Bringe deine Werkzeuge mit und komm nach meiner Wohnung." Dort sagte er ihm: „Zimmre mir ein Kämmerchen, das zu meiner Größe paßt!" Aber auch das Mädchen begab sich zu ihm und sagte ihm: „Bitte, Schreiner! mache mir einen Verschlag, der nicht sichtbar ist und in welchem ich mich verstecken kann." Als jener das Kämmerchen verfertigt hatte, kam der Vater und sagte zu ihr: „Tochter! wir wollen uns jetzt trauen lassen!" Sie aber erwiderte: „Vater! begib dich auf den Markt und mache allerhand Einkäufe!" Da begab er sich auf den Markt, um das und jenes zu kaufen. Als er weg war, verbarg sie sich in dem Verschlag und schloß denselben zu. Wie nun ihr Vater zurückkehrte, suchte er sie überall, konnte sie jedoch nicht finden. Da dachte er: „Was soll ich dieses Kämmerchen da lassen? Ich will es fortschaffen und auf dem Markte verkaufen." Da schaffte er das Kämmerchen weg und verkaufte es.

Es kam aber ein Königssohn und kaufte es; er schlief zwei bis drei Tage darin. Seine Angehörigen sandten ihm Essen, und er ließ etwas davon übrig; wenn er nun etwas von dem Essen übrig ließ, kam das Mädchen heraus und aß es auf. Wie er am Morgen früh aufstand, fand er, daß die Speisen nicht mehr vorhanden waren; da rief er: „Heda, ihr Leute! wer hat die Speisen gegessen, die von mir übrig gelassen worden sind? Katzen kommen hier nicht hinein; Mäuse kommen nicht hinein; wer ist des Nachts gekommen, diese Speisen aufzuessen?" Hierauf nahm sich der Königssohn vor: „Heute Nacht will ich mich stellen, als ob ich in tiefen Schlaf versunken wäre, und will aufpassen, wer es eigentlich ist, der diese Speisen stets aufgegessen hat." Als es Abend wurde, brachte man ihm seine Mahlzeit; nachdem er gegessen hatte, legte er sich hin und stellte sich, als ob er in tiefen Schlaf versunken wäre. Nach kurzer Zeit kam das Mädchen aus dem Schranke hervor und setzte sich zu Tisch; sie speiste und wollte, als sie satt geworden war, wieder an ihren Platz, wo sie gewesen war, zurückschlüpfen: der Königssohn aber sprang auf, ergriff sie und rief: „Heda! ich möchte wissen, woher du kommst; also du bist es, die immer die übrig gebliebenen Speisen aufißt." Sie sagte: „Ich stelle mich unter deinen Schutz!" Er aber erwiderte: „Habe keine Angst! Du gehörst mir und ich gehöre dir." Er hatte aber vorher um die Tochter des Wesirs angehalten; nun gab er sie auf und besuchte ihr Haus nicht mehr. Seiner Mutter trug er auf: „Mutter! von nun an schicke mir etwas mehr Essen!" Sie erwiderte: „Lieber Sohn! genügt dir denn dein Essen nicht?" Er sagte: „Mutter! es pflegen die Engel Gottes zu kommen und (bei mir) zu speisen." Sie fragte: „Essen denn die Engel?" Er erwiderte: „Ja freilich." Daraufhin schickte sie ihm mehr Essen.

Hierauf begab er sich auf die Wallfahrt: vorher aber sagte er zu seiner Mutter: „Sei so gut, den Engeln Essen zu schicken, damit sie für mich beten, bis ich von der Wallfahrt zurückkehre." Diese schickte nun jede Nacht Essen hinauf. Nach einiger Zeit aber kamen die Frau und die Tochter des Wesirs zu ihr, und die erstere bat sie: „O Herrin! zeige doch der Braut deines Sohnes das Kämmerchen!" Sie erwiderte: „Sie kann ja in den Oberstock der Burg hinaufsteigen, um es zu betrachten." Jene sagte: „Eine Braut geht nicht in das Zimmer des Bräutigams; laß das Kämmerchen hinunterschaffen." Da ließ sie es in den Hof hinunterschaffen; aber oben an dem Kämmerchen war eine Glasscheibe angebracht; diese wurde unmittelbar den Sonnenstrahlen ausgesetzt, da warf das Glas (die Strahlen) gerade auf den Metallschmuck, den das Mädchen auf dem Kopfe trug, und brannte sie am Kopfe; daher öffnete sie den Verschlag und trat hinaus. Als sie hinaustrat, begannen die Schwiegermutter und die Braut sie zu schlagen; letztere sagte: „Du bist es also, welche mir meinen Bräutigam entfremdet." Sie schlugen sie beinah tot. Es war ein Fenster, das auf die Gärten ging; sie hoben sie auf und warfen sie zu diesem Fenster hinaus. Dann ließen sie das Kämmerchen wieder in das Schloß hineinschaffen und begaben sich nach Hause. Der Besitzer jenes Gartens kam herbei und fand das Mädchen, das fortwährend weinte; es sagte: „Ich stelle mich in deinen Schutz, Freund!" Er erwiderte: „Habe keine Angst!" Dann lud er sie auf seinen Rücken und trug sie zu seiner Mutter; dieser trug er auf: „Mutter! gib recht acht zu diesem Mädchen!" Dann ging er einen Arzt holen; der behandelte sie, so daß sie wieder hergestellt wurde.

Nach kurzer Zeit kam der Königssohn von der Wallfahrt zurück; er stieg auf das Schloß hinauf und suchte das Mädchen; aber er fand es nicht. Da fragte er seine Mutter: „Wer ist denn gekommen, um nach dem Kämmerchen zu sehen?" Sie antwortete: „Deine Braut; sie und ihre Mutter sind gekommen, es anzusehen." Daraufhin wurde der Königssohn krank und die ganze Stadt sprach von ihm; man sagte: „Der Königssohn ist von der Wall-

fahrt zurückgekommen und darauf erkrankt: er wird sterben, da
er weder ißt noch trinkt." Da sagte das Mädchen zu den Leuten,
bei denen sie sich befand: „Was haben die Leute?" (Die Frau)
antwortete ihr: „O Mädchen! der Königssohn, der einzige, den
seine Angehörigen haben, ist von der Wallfahrt zurückgekehrt und
erkrankt". Sie sagte: „Auf! vergewissere dich über ihn!" Jene
antwortete: „O Mädchen, was wollen wir ihm mitbringen?" Sie
sagte: „Bereite ihm etwas Weizengrütze auf einem Teller." Jene
fragte: „Ißt er denn Weizengrütze?" Sie antwortete: „Was geht
das dich an?" Er hatte ihr aber einen Ring geschenkt; als jene
nun die Weizengrütze gekocht und in ein Schüsselchen angerichtet
hatte, zog das Mädchen den Ring ab und tat ihn in die Grütze;
dann sagte sie: „Auf! bringe es ihm jetzt, Mutter!" Sie ging hin
und brachte es ihm. Sobald sie dort angelangt war, tauchte er
seinen Finger in die Grütze und fand den Ring: da rief er den
Leuten zu: „Holt mir einen Löffel!" Dann aß er die Grütze ganz
auf. Hernach legte er fünfhundert Piaster in das Schüsselchen
aus Ton; diese nahm die alte Frau mit und ging wieder fort. Er
aber schickte ihr einen Berittenen nach, indem er ihm auftrug:
„An dem Orte, wo die Frau hineingeht, bezeichne das Haus und
komme dann wieder!" Am folgenden Tage ließ er den Sohn (der
Frau) holen; man richtete diesem aus: „Auf, [der Königssohn ruft!]"
Seine Mutter aber bekam Angst und rief: „Weh mir! man will
meinen Sohn hinrichten!" Das Mädchen jedoch sagte zu ihr:
„Habe keine Furcht!" Hierauf fragte der Königssohn jenen Mann:
„Wie ist der Ring in deinen Besitz gekommen?" Er antwortete:
„Ich war damit beschäftigt, den Garten zu bewässern; da fand ich
ein Mädchen, welches stöhnte. Sie sagte zu mir: ‚Ich rufe deinen
Schutz an, Bruder!' Ich sagte zu ihr: ‚Habe keine Furcht,
Schwester!' Dann lud ich sie auf meinen Rücken und trug sie
zu meiner Mutter; hierauf holte ich ihr einen Arzt und machte
sie wieder gesund. Schicke nur nach dem Mädchen und laß es
holen." Der Königssohn erwiderte: „Geh du selbst und bringe
es mir her!" Da ging er hin und holte es. Sie kam zu ihm:
da fragte er sie: „Wer hat an dir so gehandelt, Mädchen?" Sie
antwortete: „Deine Schwiegermutter und deine Braut." Da schickte
er nach ihnen und ließ sie hinrichten; dann ließ er ein Feuer anzünden und sie verbrennen. Hierauf ließ er den Geistlichen holen
und den Heiratskontrakt aufsetzen; dann heiratete er sie. Und
nun ist die Geschichte aus.

15.

Es war einmal einer, der bekam keine Kinder; er war reich;
wie viele Ärzte er auch fragte, bekam er doch keine Kinder. Einst
kam ein Arzt zu ihm, den fragte er: „Weißt du kein Mittel, um
Kinder zu bekommen?" Dieser erwiderte: „Ja freilich weiß ich

ein Mittel, damit deine Frau schwanger wird." „Gut,' sagte er; dann fuhr er fort: „Was für einen Lohn verlangst du, wenn ich einen Sohn bekomme?" Jener erwiderte: „Ich verlange nichts;" dann fuhr er fort: „Willst du mir bei deinem Leben versprechen, daß du, wenn du einen Sohn bekommst, ihn eine Nacht bei mir willst schlafen lassen? Einen anderen Lohn verlange ich nicht von dir." „Schön," sagte er, „ich will ihn bei dir schlafen lassen." Hierauf gab jener ihm eine Arznei für seine Frau, so daß sie schwanger wurde; dann ging er seines Weges. Die Frau aber gebar dem Manne einen Sohn. Als dieser etwas herangewachsen war und gehen und sprechen konnte, kam bald der Arzt, der ihnen die Arznei gegeben hatte, wieder. Er fragte: „Mann, hast du einen Sohn bekommen?" „Ja," erwiderte dieser. „Willst du dein Versprechen halten?" fragte jener. „Ja, ich will es halten," antwortete dieser. Jener sagte: „Also heute Nacht sollst du deinen Sohn bei mir schlafen lassen." „Schön," sagte dieser. Hierauf legten sich der Junge und der Arzt schlafen; der Arzt aber ließ ihn auf seinen Knieen einschlafen. Als der Junge aus dem Schlafe erwachte, fragte ihn der Arzt: „Was hast du im Traume gesehen?" Er antwortete: „Ich habe den Mond zu meiner Rechten und die Sonne zu meiner Linken gesehen." Da sagte der Arzt zu dem Jungen: „Wenn dich jemand fragt: ‚Was hat der Arzt mit dir gemacht?', so sage den Leuten: ‚Er hat mich auf seinen Knien schlafen lassen; da habe ich einen Traum gehabt.' Wenn sie dann zu dir sagen: ‚Möge es etwas Gutes bedeuten,' so erzähle ihnen den Traum; wenn sie dich aber fragen: ‚Wovon hast du geträumt?', so erzähle ihn ihnen nicht." Am anderen Morgen früh begab sich der Junge zu seiner Mutter und zu seinem Vater. Diese fragten ihn: „Lieber Sohn, was hat der Arzt mit dir gemacht?" Er antwortete: „Er hat nichts mit mir gemacht." Sie sagten: „Aber du hast ja doch bei ihm geschlafen?" Er erwiderte: „Er hat mich auf seinen Knien schlafen lassen, und ich habe einen Traum gehabt." Da fragten ihn seine Eltern: „Was denn, lieber Sohn?" Er antwortete: „Ich weiß es nicht mehr." Sie sagten: „Wie kommt das, daß du es nicht weißt?" „Ich habe es nicht behalten," sagte er. „Wie kommt es, daß du es nicht behalten hast?" fragte sein Vater. „Ich habe es nun einmal nicht behalten," erwiderte er. „Freilich hast du es behalten," sagte jener. „Ich habe den Traum nicht verstanden," sagt er. Da sprach sein Vater: „Ich schlage dich tot, wenn du es mir nicht erzählst." Er antwortete: „Ich weiß es nicht mehr." „Ich will dich verkaufen," sagte jener. „So verkaufe mich!" erwiderte dieser. „So erzähle es mir doch!" sagte jener. „Verkaufe mich nur," sagte dieser. Da brachte er ihn auf den Markt und verkaufte ihn.

Hierauf verweilte er drei Tage bei dem, der ihn gekauft hatte; da sagte dieser: „Junge, weshalb hat dich dein Vater verkauft? Er hat ja doch Gelübde getan und für Ärzte und Arzneien sehr viel ausgegeben, bis du ihm geboren wurdest, und er hat keinen

anderen Sohn als dich; wie hat er sich von dir trennen und dich
verkaufen können?" Jener sagt: „Ich habe einen Traum gehabt."
„Was war es für ein Traum?" fragte dieser. „Ich weiß es nicht
mehr." erwiderte jener; „eben deswegen hat mich mein Vater verkauft, weil ich ihm sagte: ‚Ich weiß es nicht mehr.'" Er sagte:
„Aber mir erzähle es." „Ich weiß ihn ja nicht mehr deutlich,"
sagte jener. „Nein," erwiderte dieser, „du mußt ihn mir erzählen,
sonst schlage ich dich tot." „Schlage mich nur tot," antwortete
jener, indem er beifügte: „Wenn ich ihn noch deutlich wüßte, hätte
ich ihn meinem Vater erzählt, der viel Geld und Gold geopfert
hat, bis ich ihm geboren wurde; aber ich habe ihm meinen Traum
nicht erzählt; darum hat er mich verkauft." Auch ich will dich
verkaufen," sagte der Mann, „Verkaufe mich nur," erwiderte der
Junge. Hierauf beschloß der, welcher ihn gekauft hatte, ihn wieder
zu verkaufen, weil er ihm nichts von dem Traume erzählte; er
brachte ihn daher seinerseits auf den Markt und verkaufte ihn.

Es kaufte ihn ein Zuckerbäcker. Bei ihm verkaufte der Junge,
der nun Husain der Zuckerbäcker hieß, Zuckerwaren. Er besaß
aber eine schöne Stimme zum Singen, so daß jeden Tag die Leute
herbeikamen, um ihn singen zu hören. Der Ruf seiner herrlichen
Stimme verbreitete sich in der Stadt; schließlich hörten auch die
Tochter des Obersten[1] und die Tochter des Ministers von ihm. Da
sprachen sie zu einander: „Wir wollen hingehen uns diesen Zuckerbäcker ansehen, dessen Ruf in der Stadt verbreitet ist und zu dem
alle Leute hingehen, um ihn zu sehen; auf, laßt uns auch hingehen!" Da begaben sie sich mit ihren Sklavinnen dorthin; als
sie vor der Türe des Zuckerbäckerladens vorbeigingen, hörten sie
ihn singen, und er gefiel der Tochter des Obersten und der Tochter
des Ministers. Als sie abends wieder in ihre Gemächer gekommen
waren, ließen sie den Baumeister kommen; den fragten sie: „Hast
du (im Schlosse) einen geheimen Platz?" Er erwiderte: „Ja, eine
tiefe Zisterne." Da befahlen sie ihm: „Du sollst von dort eine
Grube bis zum Laden Husains des Zuckerbäckers graben lassen."
Da ließ er ihnen einen Gang vom Laden des Zuckerbäckers bis
zu ihren Gemächern eröffnen. Von nun an brachten sie abwechselnd
jede Nacht einen Abend bei ihm und er einen Abend bei ihnen zu.

Einmal, als er den Abend bei ihnen zubrachte, ereignete es sich
binnen kurzem, daß jenem Obersten ein rätselhaftes Geschäft von
seiten des Königs übertragen wurde; wenn er es nicht klar ausein-
andersetzen konnte, wollte der König ihn köpfen lassen. Da versammelte er seine guten Freunde; aber niemand konnte herausbringen,
was der Auftrag, der an den Obersten ergangen war, bedeutete.
Nun befand sich jener junge Mann im Palast bei der Tochter des
Obersten; es war aber im Zimmer eine Fensterlucke oberhalb des
Saales, in welchem Rat gehalten wurde; dort saßen die Tochter des

---

1 [der Text hier und weiter „Sultan"].

Obersten und die Tochter des Ministers. Als nun die dort Versammelten nicht herausbrachten, was der Auftrag an den Obersten bedeute, stand jener junge Mann voll Zorn auf und ging hin — die Tochter des Obersten und die Tochter des Ministers saßen bei einander —, da ging er hin und setzte sich zwischen sie, so daß er eine zur Linken und die andere zur Rechten hatte, und rief: „Ihr alle könnt also jene Sache nicht herausbringen und erraten; ich kann sie herausbringen und sagen, und will den Obersten vom Tode erretten." Da kamen die Leute, und ¹schickten ihn zum Obersten.² Dieser¹ fragte ihn: „Aus welchem Lande bist du?" „Ich bin aus der Gegend von Bagdad," erwiderte er. „Was hat dich denn hierher geführt?" fragte jener. Er erwiderte: „O Herr! sei mir gnädig, denn Gott ist gnädig, und gib mir Pardon!" Jener sagte: „Bei Gott, Pardon und Schutz sei dir gewährt! Erzähle nun, junger Mann, wie es mit dir steht." Da erzählte er: „O Herr! meine Mutter bekam keine Kinder, und (mein Vater) wandte alle Ärzte an³, ohne daß meine Mutter Kinder bekam; auch gab er viel Geld und Gold aus, aber er bekam keine Kinder. Da kam einmal ein Arzt zu uns; der fragte meinen Vater: ‚Weshalb hast du keine Kinder?' Er erwiderte: ‚So viel Mittel ich auch anwende, bekomme ich keine Kinder.' Nun fragte der Arzt: ‚Wenn ich dir aber eine Arznei gebe und du Kinder bekommst, was willst du mir geben?' Er antwortete: ‚Was du verlangst, will ich dir geben.' Da fragte jener: ‚Willst du bei deinem Leben versprechen, daß, falls du einen Sohn bekommst, du ihn eine Nacht bei mir willst schlafen lassen?' ‚Ja,' erwiderte jener. Hierauf gab er meiner Mutter eine Arznei" — so erzählte der junge Mann dem Obersten —; „da wurde meine Mutter schwanger und brachte mich zur Welt. Bald kam jener Arzt wieder und sagte zu meinem Vater: ‚Willst du deinen Sohn bei mir schlafen lassen?' ‚Ja,' erwiderte dieser. Als es Abend wurde, rief der Arzt: ‚Heda! schicke mir deinen Sohn, damit ich mit ihm zusammen heute Nacht schlafe.' Da ging ich zum Arzte ins Zimmer; er aber legte mich auf seine Knie und ließ mich auf seinen Knien einschlafen. Hierauf hatte ich einen Traum" — der Oberst sagte: „So Gott will, gute Träume!" —; „dann setzte mich der Arzt von seinen Knien hinunter und fragte mich: ‚Was hast du gesehen?' ‚Einen Traum,' erwiderte er⁴. ‚Möge der Traum etwas Gutes bedeuten,' sagte er. Da berichtete er⁴ ihm: ‚Ich habe den Mond zu meiner Linken und die Sonne zu meiner Rechten gesehen.' Er aber wies mich an: ‚Wenn dich deine Angehörigen fragen: »Was hat der Arzt mit dir gemacht?«, so antworte ihnen: »Ich habe einen Traum gehabt.« Wenn sie dann zu dir sagen: »Möge

---

1 [der Sultan schickte nach ihm und]. 2 Die Geschichte ist, besonders hier, schlecht erzählt; wahrscheinlich schickt der Sultan zu den Mädchen; dort wird der junge Mann gefunden. 3 Originalübersetzung: und sie wählten Ärzte. — [die Ärzte waren ratlos]. 4 [ich].

der Traum etwas Gutes bedeuten,« so erzähle ihn ihnen; wenn sie dich aber fragen: »Was war das für ein Traum?«, so erzähle ihn ihnen nicht, sonst schlage ich dir den Kopf ab.' Hierauf fragte mich mein Vater; aber ich erzählte ihm nicht; da verkaufte er mich." So erzählte der junge Mann dem Obersten; dieser aber sagte: „Meine Tochter heißt ja Mond und die Tochter des Ministers heißt Sonne; ich will den Kontrakt der Ehe mit diesen beiden für dich aufsetzen lassen; denn du hast mich aus der Gefahr, geköpft zu werden, errettet und hast mir den Auftrag, der mir geworden war, klar auseinandergesetzt[1]; davon hast du ja geträumt." Hierauf ließ der Oberste öffentlich ausrufen: „Niemand soll acht Tage und acht Nächte hindurch ein Feuer anzünden, sondern man soll beim Obersten speisen: er gibt dem Husain dem Zuckerbäcker seine Tochter und die Tochter des Ministers zur Frau." So setzten sie den Heiratskontrakt auf und [2]vollzogen die Sache[2]. Die Tochter des Obersten und die Tochter des Ministers gaben sie Husain dem Zuckerbäcker. Der Oberste aber stieg von seinem Throne und übergab Husain dem Zuckerbäcker seinen Siegelring, und so wurde sein Schwiegersohn Oberster. Und nun ist die Geschichte aus.

16.

Es war einmal eine Frau, die hatte zwei Söhne, deren Vater starb, als sie noch klein waren; ihre Mutter erzog sie. Als die Knaben noch größer geworden waren, suchte sie sie zu verheiraten; für den einen hielt sie um ein Mädchen an und verheiratete ihn mit ihr; sie führte ihm die Braut zu und ließ sie bei sich wohnen. Hierauf sprach sie zu ihr: „Schwiegertochter! was gebrochen ist, darfst du nicht essen, und was ganz ist, darfst du nicht brechen; aber iß nur, bis du satt bist!" Nun wagte sie nicht mehr, das Brot zu brechen und zu essen, sondern den ganzen Tag über aß sie nichts, weil sie vor ihrer Schwiegermutter nicht wagte zu essen. Die Frau starb daher beinahe vor Hunger. Nun hatte sie einen Schwager; auch für diesen, den Bruder ihres Mannes, hielt jene an, und er wurde verlobt und verheiratet. Da ging die Schwiegermutter und sagte zu der andern gerade so, wie sie zu der früheren (Schwiegertochter) gesagt hatte: „Was ganz ist, darfst du nicht zerbrechen, und was zerbrochen ist, darfst du nicht essen; aber iß nur, bis du satt bist." Da sprach (die zweite) zu ihrer Schwägerin: „Was hat deine Schwiegermutter zu dir gesagt?" „Dasselbe, was sie zu dir gesagt hat," antwortete diese. „Aber was issest du denn?" fragte jene. „Ich esse nichts," erwiderte sie, „ich lebe eben ohne Essen." Da sagte jene: „Ich will jetzt auf die Dach-

---

1 Auch hier ist augenscheinlich eine Lücke; vielleicht handelt es sich weniger um einen Auftrag, als um eine Rätselfrage — am Ende geradezu die Frage: „Wer sitzt zwischen Sonne und Mond?"   2 Unsicher.

terrasse hinaufgehen; wenn ich dann rufe, so schicke mir dann deine
Schwiegermutter!" Darauf stieg sie auf die Terrasse hinauf und
rief ihrer Schwägerin zu: „Sage deiner Schwiegermutter, sie solle
zu mir kommen!" Da ging diese hinauf, jene aber holte einen
Stock herbei und prügelte damit ihre Schwiegermutter fast zu Tode;
dann lud sie sie auf den Rücken und bereitete ihr ein Lager mit
einem Kissen; dann legte sie sie in das Bett, deckte sie mit einer
Steppdecke zu und setzte sich hinter ihr hin. Als es Abend wurde,
kamen die Söhne der Alten von ihrer Arbeit nach Hause und
fanden sie zu Bette liegend: da fragten sie: „Fatime, was hat die
Mutter, daß sie sich gelegt hat?" Sie antwortete ihnen: „Sie ist
krank." Da fragten sie sie: „Was fehlt dir, Mutter, daß du krank
bist?" Sie konnte ihnen jedoch nichts erwidern, sondern wies bloß
auf ihre Schwiegertochter, daß sie sie nämlich geschlagen habe.
Da holten jene einen Arzt, um sie von ihm behandeln zu lassen;
die Schwiegertochter aber bestach den Arzt und sagte zu ihm:
„Ich will dir fünfhundert Piaster schenken, wenn du machst, daß
meine Schwiegermutter stirbt." Dieser gab ihr eine Arznei, wovon
die Schwiegermutter starb, und man brachte sie auf den Friedhof
und begrub sie — dies sei euch noch lange erspart! Hierauf
gingen sie daran, die Habe, welche die Frau, ihre Mutter, besessen
hatte, zu teilen. Als sie sie geteilt hatten, kam der Arzt, den die
Schwiegertochter bestochen hatte, daß er die Schwiegermutter um-
bringe, und sagte zu ihr: „Gib mir nun die fünfhundert Piaster,
die du mir versprochen hast für den Fall, daß ich deine Schwiegermutter sterben mache." Diese aber begann zu schreien und laut
zu rufen: „Wann habe ich dir gesagt, du sollst sie sterben
machen? Er hat meine Schwiegermutter umgebracht! Nun
kommst du und willst fünfhundert Piaster haben! O Muslime,
o Christen! er hat meine Schwiegermutter umgebracht und kommt
und will fünfhundert Piaster haben! Sofort will ich dich zum
Oberamt, zur Regierung, führen und den Leuten dort sagen: ‚Dieser
Arzt hat meiner Schwiegermutter Gift gegeben und sie umgebracht;
nun kommt er, ich solle ihm fünfhundert Piaster geben; er hat
sie umgebracht und will nun noch Bezahlung dafür!'" Jener aber
erwiderte: „Ich bitte dich, so lieb dir dein Leben ist; ich verlange
nichts mehr; du sollst mir weder fünfhundert Piaster noch irgend
etwas geben." „Nein," sagte sie, „es geht nicht anders; ich will
beim Statthalter gegen dich Klage erheben." Da erwiderte jener:
„Gnade! Ich will dir Gold geben, so viel du immer wünschest;
aber erhebe keine Klage gegen mich und liefere mich nicht an die
Regierungsbeamten aus!" Jene sagte: „Ich verlange von dir tausend
Dukaten." Da gab er ihr tausend Dukaten, damit sie ¹schweige.
Und du sprich nicht davon¹, daß er der Schwiegermutter Gift gegeben und sie umgebracht hat². Nun ist die Geschichte aus.

---

1 [nicht davon spreche]. 2 [hatte].

17.

Es war einmal ein Fischer, der fing jeden Tag für einen Piaster Fische und brachte dafür seinen Kindern Nahrung. Eines Tages ging er aus auf den Fischfang; aber wie oft er auch sein Netz ins Wasser warf, so fing sich doch nichts in demselben. Den ganzen Tag fing er nichts; als er aber endlich einen Fisch gefangen hatte, dachte er: „Wart, ich will den Fisch ins Wasser werfen: denn das Sprichwort besagt: ‚Tue das Gute und wirf es ins Meer;' ich will doch sehen, wenn ich ihn hineinwerfe, was daraus entsteht." Hierauf ging er nach Hause, ohne für diesen Abend etwas mitzubringen. Am folgenden Tage ging er fischen und warf das Netz ins Wasser; da kam mit demselben eine Kiste voll Perlen heraus, die lud er auf und ging nach Hause. Sein Sohn fragte ihn: „Vater, was ist in der Kiste?" Er antwortete: „Es sind Perlen darin." Jener schlug vor: „Wir wollen nach Stambul ziehen, um sie zu verkaufen." „Gut, mein Sohn," erwiderte er; dann holte er Tiervermieter, für sich ein Maultier und für seinen Sohn ein Maultier; die Kiste mit Perlen luden sie auf und reisten nach Stambul. Kaum waren sie in der Stadt Stambul angelangt, da kam jemand zu ihnen und fragte sie: „Was führt ihr mit euch?" Sie antworteten: „Wir führen eine Kiste voll Perlen mit uns; lassen sich die in dieser Stadt verkaufen?" „Ja freilich lassen sie sich verkaufen," sagte jener. Da boten sie ihm an: „Du sollst unser Teilhaber sein; wir wollen uns mit dir assoziieren." Er erwiderte: „Gut, ich will mich mit euch assoziieren." Da mieteten sie einen Laden und verkauften nun den Inhalt der Kiste, bis sie nichts mehr zu verkaufen hatten; dann hielten sie sich noch drei bis vier Tage auf. Ihren Teilhaber aber baten sie: „Du solltest noch mit uns herumgehen und uns die Stadt zeigen, damit wir die Sehenswürdigkeiten derselben betrachten können." „Sehr gerne," erwiderte jener, „ich will sie euch zeigen." Da zeigte er ihnen fünf Tage lang die Sehenswürdigkeiten.

Es war aber daselbst ein König, der hatte eine Tochter, die sehr schön war; auch meldeten sich Leute, die sie zur Ehe begehrten; wenn sie ihr Vater aber einem gegeben und der Bräutigam sich ihr genaht hatte, so war er am andern Morgen tot: wenn man am andern Morgen aufstand, fand man den Bräutigam tot. So waren es ihrer schon zehn gewesen, die sie zur Ehe begehrt hatten: wenn sie aber sich ihr hatten nahen wollen, waren sie des andern Morgens tot gewesen. Hierauf bekamen jene Leute, welche in der Stadt umherwanderten, die Prinzessin zu Gesicht, und der Sohn sagte: „Vater, du solltest um dieses Mädchen für mich anhalten." Da sagte der Teilhaber: „Wir wollen gemeinschaftlich um sie anhalten; wie wir uns assoziert haben für das Geld, das wir gewonnen haben, wollen wir uns in betreff der Braut assoziieren."

„Wie du willst," erwiderte dieser. Da gingen sie hin, um bei ihrem
Vater um sie anzuhalten. Dieser aber sagte: „Ich will sie euch
geben, ohne Stolz gegen euch; jedoch, ihr jungen Leute, ich muß
euch sagen, ich gebe sie euch nicht gerne. Dieser junge Mann
ist fremd und schön, und ich habe Angst um ihn, da ich nicht
weiß, wie es mit dem Mädchen steht; wenn ein Bräutigam kommt,
sich ihr zu nahen, so ist er am folgenden Tage tot. Daher gebe
ich sie euch nicht gerne und will euch nicht betrügen." Einen
solchen Bericht gab der Vater des Mädchens den jungen Leuten,
die kamen, sie zur Ehe zu begehren. Sie aber erwiderten: „Wir
vertrauen auf Gott." „Gut," sprach jener. [1]Darauf nahmen sie das
Mädchen in Empfang, und der junge Mann wollte sich ihr nahen.[1]
Da sprach er zum Teilhaber: „Willst du dich ihr zuerst nahen,
oder soll ich es tun?" Er antwortete: „Nein, du;" der Sohn des
Fischers vor seinem Teilhaber. In der folgenden Nacht wollte
sich nun der junge Mann dem Mädchen nahen; sobald er sich
jedoch mit ihr zu Bette legte, kam eine Schlange aus ihrem Munde
hervor, wand sich dem jungen Manne um den Hals und wollte
ihn erwürgen. Der Teilhaber jedoch, der zu ihren Häuptern saß,
zog sein Schwert und schlug jene Schlange; er tötete sie, hob sie
auf und warf sie weg; dann ging er seiner Wege und verließ sie.
Am folgenden Tage stand der junge Mann wohl und gesund auf;
da brachte man dem König die frohe Botschaft: „Ich habe frohe
Kunde: dein Schwiegersohn ist wohlauf." Darüber freute sich der
König; denn vorher war er betrübt gewesen, weil jeder, der seine
Tochter hatte heiraten wollen, am folgenden Tage tot dagelegen
hatte; darüber war er bekümmert und betrübt, weil man nicht
wußte, wie es mit dem Mädchen stand[2]. Das Mädchen aber hatte
eine Schlange im Leibe; sobald nun jemand kam, bei ihr zu
schlafen, kam die Schlange aus ihrem Munde hervor und erwürgte
ihn. Bei dem jungen Manne jedoch hatte der Teilhaber gewacht
und die Schlange, als sie zu ihrem Munde herauskam, totgeschlagen.
Daher traten nun die Leute vor den König, um ihn zu beglück-
wünschen.

    Jener junge Mann und sein Vater blieben ungefähr ein Jahr
dort; hierauf sagten sie zum Könige: „Wir haben Sehnsucht nach
unsrer Heimat." „Schön, mein Sohn," erwiderte er, „ich will dich
nicht davon abhalten, daß du in deine Heimat ziehst; vielleicht
hat deine Mutter Sehnsucht nach dir." Hierauf schickte sich der
König an, seiner Tochter eine Mitgift leichten Gewichtes aber hohen
Wertes mitzugeben; dann zogen sie ab, er, sein Vater und ihr
Teilhaber. Als sie nahe daran waren, in ihrer Heimat anzulangen,
sagte ihr Teilhaber: „O meine Gefährten! wir wollen nun teilen;
wir wollen das Kompaniegeschäft auflösen und das Geld, das wir
gewonnen haben, teilen." „Gut," sagten sie, „wie du willst." Darauf

---

1 Dieser Satz ist wohl als Prolepsis auszumerzen.   2 [werden sollte].

teilten sie das Geld, das gemeinsam war; dann fragten sie: „Was bleibt nun noch, Teilhaber?" Er erwiderte: „Es bleibt noch die junge Frau." Sie sagten: „Wie können wir die junge Frau teilen?" Da schlug er vor: „Wir wollen sie in zwei Hälften schneiden; nehmt ihr dann den Teil, den ihr wünscht." Hierauf zog er das Schwert, um sie zu zerschneiden; aus Angst machte sie so[1]: sie machte den Mund auf; da kamen aus ihrem Munde junge Schlangen heraus. Hierauf sagte ihr Teilhaber: „Nehmt das Schwert weg, und nehmt das Geld und nehmt die junge Frau; ich habe so gehandelt, damit die junge Frau Angst kriege und die jungen Schlangen aus ihrem Munde herauskämen. Dies ist der Lohn für die Wohltat, die du getan und die du ins Meer geworfen hast. Nimm deinen Sohn, dein Kaufmannsgut und die junge Frau deines Sohnes und zieh in Frieden deines Weges." Da zogen sie in ihre Heimat; dort kam dem jungen Manne seine Mutter entgegen und fragte: „Was bringst du, lieber Sohn?" Er antwortete: „Liebe Mutter! ich und mein Vater, wir bringen Geld und Hab und Gut und eine junge Frau." „Ist das wirklich wahr, Mann?" fragte sie. „Ja freilich, Frau!" antwortete er, „die Wohltat, die ich ins Meer geworfen habe, haben wir auf unserer Reise in Stambul getroffen; er hat uns die Kiste voll Perlen verkauft und gemacht, daß wir dafür viel Geld gewannen; er hat für deinen Sohn angehalten und ihn heiraten machen, und er ist mit uns gegangen bis halbwegs; da hat er uns alles zusammen geschenkt und ist seiner Wege gegangen." Nun ist die Geschichte aus.

18.

Es war einmal ein Beduine, der wollte nach Damaskus gehen; als die Leute dies erfuhren, brachten sie ihm (Verschiedenes). Der eine brachte ihm ein Lamm und trug ihm auf, er solle ihm dafür Stiefel bringen. Es kam sein Bruder zu ihm und brachte ihm ein weibliches Lamm, indem er ihn bat, ihm dafür einen Leibrock zu bringen. Es kam sein Vetter von väterlicher Seite und brachte ihm eine Ziege, indem er ihn bat, ihm dafür Hosen zu bringen. Es kam sein Vetter von mütterlicher Seite und brachte ihm ein Zicklein, indem er ihn bat, ihm dafür eine Kopfbinde zu bringen. Es kam seine Schwester, gab ihm Geld und bat ihn: „Bringe mir Umschlagtücher." Es kam seine Schwägerin, brachte ihm ebenfalls Geld und bat ihn: „Bringe mir ein Kopftuch." So trieb er nun die Lämmer, das Zicklein und die Ziege vor sich her und ging nach Damaskus. Dort begab er sich auf den Schafmarkt, um sie zu verkaufen; der Erlös dafür betrug 500 Piaster. Es beobachtete ihn aber ein Mann aus Damaskus und strich um ihn herum, um ihm das Geld abzunehmen. Er lud ihn ein, indem er zu ihm sagte:

---

1 Geste des Schreckens.

„Du sollst heute Nacht bei mir speisen." Dann begab er sich zu seiner Frau und trug ihr auf: „Frau! du sollst ein Essen bereiten." „Was soll ich bereiten?" fragte sie. Er sagte: „Bereite Klöße und koche Reis, Burgul, Eierpflanzen und gefüllte Gurken und mache einen Braten; dies bring herauf auf die Terrasse; dann hole zwei neue Anzüge und nimm Geld zu dir." Sie nahm das Geld, die Kleider und jene Speisen und ging auf die Dachterrasse hinauf: er aber holte einen Korb, machte ein Loch in die Dachterrasse und hing den Korb unter die Öffnung, die er gemacht hatte, auf. Dann stieg er hinauf zu seiner Frau und sagte ihr: „Ich werde mit einem Stocke den Korb schlagen; was ich dann von demselben verlange, mußt du hineinwerfen." „Gut." sagte sie. Hierauf lud er den Beduinen ein mit den Worten: „Komm hinauf zum Essen." „Wo ist das Essen?" fragte dieser. „Oben in der Oberstube," erwiderte jener. Als sie oben waren, legte er die Tischmatte[1] hin und zwar unterhalb des Platzes, wo der Korb aufgehängt war; dann holte er den Stock und schlug den Korb, indem er sagte: „O Korb, du sollst mir ein Gericht Reis liefern und sollst mir Klöße liefern und sollst mir gefüllte Gurken liefern und sollst mir ein Gericht Burgul liefern und sollst mir Braten liefern und sollst mir Brot liefern." Dann ließ er den Korb von der Decke hinunter. Während er diese Speisen verlangt hatte, hatte seine Frau sie in den Korb getan. So ließ er also den Korb hinunter und setzte jene Speisen auf die Tischmatte; dann forderte er den Beduinen auf: „Greif zu und iß!" Der Beduine aber begann im stillen zu überlegen: „Was für eine Bewandtnis hat es wohl mit diesem Korb, der dies alles zusammen liefert?" Als er sich satt gegessen hatte, sagte er: „Freund, willst du mir nicht diesen Korb verkaufen?" Jener erwiderte: „Alles, was ich von ihm verlange, liefert er mir; wie werde ich ihn an dich verkaufen?" „Liefert er dir auch Geld?" fragte er. „Ja," erwiderte jener, „er liefert mir Geld und liefert mir Kleider." Der Beduine sagte: „So tue ihn wieder an die Decke und befiehl ihm, er solle dir Kleider und er solle dir Geld liefern; ich will mal sehen, ob er es wirklich liefert." Da hing er ihn an die Decke unterhalb der Öffnung und schlug ihn mit dem Stocke, indem er rief: „O Korb! liefere mir zwei neue Kleidungen!" Seine Frau aber, die sich oben befand, warf sie in den Korb. Dann befahl er: „O Korb! schaff Geld!" Wieder warf es seine Frau hinein; der Beduine aber merkte es nicht, daß die Frau dessen, der ihn zum Essen eingeladen hatte, alles, was er verlangte, ihm in den Korb warf, sondern er glaubte, daß der Korb selbst es liefere. Daher sagte er: „Lieber Herr! ich bitte dich inständig, verkaufe diesen Korb an mich." Dieser erwiderte: „Wie teuer soll ich ihn denn verkaufen? Hast du viel

---

1 Bekanntlich bezeichnet *sufra* nicht bloß ein ledernes Tischtuch, sondern auch eine geflochtene Strohmatte, auf welche die Gerichte gesetzt werden.

Geld bei dir?" Jener sagte: „Ich habe 500 Piaster bei mir." „Gut," sagte dieser, „nimm ihn." Da gab er ihm die 500 Piaster und nahm den Korb von ihm in Empfang. Er lud ihn auf den Rücken und begab sich nach Hause zu den Beduinen.

Als er nach Hause gelangte, kam seine Schwester herbei und fragte ihn: „Lieber Bruder, hast du die Ziege verkauft und dafür Umschlagtücher gebracht?" Dann kam sein Bruder und fragte ihn: „Lieber Bruder, hast du das Lamm verkauft und die Stiefel dafür gebracht?" „Ja freilich," antwortete er. Dann kam sein Vetter und fragte ihn: „Hast du die Ziege verkauft und dafür den Leibrock gebracht?" Dann kam sein Nachbar und fragte ihn: „Hast du das weibliche Lamm verkauft und dafür die Hosen gebracht?" „Ja freilich," sagte er. Dann kam seine Base und fragte ihn: „Hast du das Zicklein verkauft und dafür die Kopfbinde gebracht?" „Ja freilich," sagte er. „So gib es uns," baten sie. Er aber erwiderte: „Kommt morgen früh alle zusammen her; dann will ich euch die Sachen geben." Als es Morgen wurde, kamen sie und wollten ihre Sachen in Empfang nehmen. Er aber holte den Korb herbei, hing ihn an die Decke und schlug ihn mit dem Stocke, indem er sagte: „O Korb! liefere einen Leibrock für meinen Vetter!" Dann guckte er in den Korb, fand jedoch nichts darin. „Liefere Hosen für meinen Bruder!" Aber er lieferte nichts. „Liefere Umschlagtücher für meine Schwester!" So verlangte er alle die Sachen, die ihm seine Verwandten aufgetragen hatten, und schlug dabei den Korb mit dem Stocke. Wie hätte aber der Korb die Sachen liefern können! Da trat ein Beduine an ihn heran und fragte ihn: „Wie stehts mit deiner Sache, Mann?" Nun erzählte er: „Es lud mich einer ein, als ich auf dem Schafmarkt war; dort hatte ich die Tiere verkauft, die ich mitgenommen hatte; dort also trat einer an mich heran und lud mich ein, indem er sagte: ‚Du sollst heute Abend bei uns speisen.' Ich ging zu ihm; er aber hing diesen Korb an der Zimmerdecke auf; dann forderte er Reis, und der Korb lieferte ihn; er forderte Klöße, er lieferte sie; er forderte Braten, er lieferte ihn; er forderte gefüllte Gurken, er lieferte sie; er forderte ein Gericht Burgul, er lieferte es; er forderte Brot, dieser Korb lieferte es. Da bat ich ihn: ‚Verkaufe ihn mir!' Er sagte: ‚Was ich auch fordere, liefert er.' Ich fragte: ‚Liefert er auch Geld?' ‚Ja,' erwiderte er. Ich bat ihn: ‚Befiehl ihm, dir welches zu bringen.' Da forderte er von ihm Geld und Kleider; dieser lieferte es. Nun kaufte ich ihn ihm ab, denn ich dachte: ‚Lieber, als daß ich mich noch aufhalte, um die Sachen einzukaufen, die mir die Leute aufgetragen haben, will ich sie von ihm verlangen; er liefert sie ja.'" Nun fragte jener Beduine: „Wie teuer hat er dir ihn verkauft?" Er antwortete: „Um 500 Piaster hat er mir ihn verkauft." Da rief jener: „Welch Unheil für dich! der hat dich angeführt; kann denn ein Korb Essen oder Kleider oder Geld liefern? Jener hat dich angeführt und dir das Geld abgenommen, das du bei dir hattest." Dann fragte er ihn: „Hat er dir denn nicht gesagt, wie er heißt? „Ja freilich hat er es mir gesagt," erwiderte jener. „Was hat er dir denn gesagt?" fragte dieser. Jener antwortete: „Er heißt: Ich scheiß hier, und seine Frau: Ich vergrabe's." Da sagte dieser: „Geh, suche sie auf und gib ihm den Korb zurück." Nun bat jener: „Komm, wir wollen zusammen gehen."

Hierauf ging der Mann[1] hin und holte ein Zicklein, band es an einen Strick und machte sich mit dem, der den Korb gekauft hatte, auf den Weg; dieser trug den Korb auf dem Rücken und wanderte wiederum nach Damaskus. Dort angelangt fragte er die Leute: „Wo wohnt der Herr: Ich scheiß hier, und seine Frau: Ich vergrabe's?" Da lachten ihn die Leute aus: „Du bist wohl verrückt, Mann! Gibt es Leute, die so heißen?" Bis gegen Abend wanderte er umher, während die Leute ihn auslachten. Der andere Mann aber, der das Zicklein mitgenommen hatte, begab sich zu einem Zuckerbäcker und bot ihm an: „Willst du mir gestatten, daß ich mir den Bauch mit Süßigkeiten fülle, und dafür dieses Zicklein eintauschen?" Der Zuckerbäcker aber dachte: „Wieviel wird er wohl [2]über ein halbes Pfund hinaus verzehren?? Dieses Zicklein jedoch ist 20 Piaster wert." Daher antwortete er: „Ja, ich will ihn dir füllen." Da setzte sich der Eigentümer des Zickleins hin und begann von den Süßigkeiten zu essen; als er nun nahezu satt war, sagte er zu dem Zuckerbäcker: „Zuckerbäcker, warum gehst du müßig?" „Was soll ich denn tun?" fragte dieser. Jener sagte: „Backe nur mehr Zuckerwaren." „Ich habe ja viele gemacht," sagte dieser. Jener entgegnete: „Die alle machen mich nicht satt." Da sagte der Zuckerbäcker: „Steh auf, nimm dein Zicklein und geh deiner Wege!" — Am folgenden Tage begab er sich zu einem Aprikosenhändler und bot ihm an: „Aprikosenhändler, willst du mir gestatten, daß ich mir den Bauch mit Aprikosen fülle, und dafür dieses Zicklein eintauschen?" Der Aprikosenhändler dachte: „Kann er mehr als zwei Pfund Aprikosen essen? Er soll sie essen, und dann erhalte ich von ihm dieses Zicklein." Da setzte sich jener hin und aß von den Aprikosen, die im Korbe waren; als er nahezu satt war, sagte er zum Eigentümer der Aprikosen: „Warum gehst du müßig?" „Was soll ich denn tun?" fragte dieser. „Hole nur Aprikosen!" sagte jener. „Es sind ja viele Aprikosen da," versetzte dieser. Jener entgegnete: „Die alle gehen nicht in eine Seite meines Bauches." Da sagte der Aprikosenhändler: „Steh auf, nimm dein Zicklein und geh mir aus den Augen." — Am folgenden Tage nahm er das Zicklein und machte sich auf den Weg; er begab sich zu einem Pastetenbäcker[3] und bot ihm an: „Willst

---

1 D. h. der im Vorhergehenden den Rat erteilt hat.   2 [verzehren? mehr als ein halbes *raṭl*?].   3 Vielleicht wäre besser Kuchenbäcker zu übersetzen; vgl. zu dem betreffenden arabischen Worte außer Dozy, I, 598 besonders Berggren 261 unter cuisine: Snouck-Hurgronje, Mekka II, 143.

du mir gestatten, daß ich mir mit dem, was du bäckst, den Bauch fülle, und dafür dieses Zicklein eintauschen?" Dieser sagte: „Setze dich hin und iß!" Als er sich satt gegessen hatte, sagte er zu dem Pastetenbäcker: „Warum, o Mann, machst du keinen Teig und bäckst nicht weiter?" Dieser sagte: „Die Platte ist ja voll." Jener entgegnete: „Die alle machen mich nicht satt." Da sagte der Pastetenbäcker: „Steh auf, nimm dein Zicklein und geh mir aus den Augen."

Hierauf kamen der Zuckerbäcker, der Aprikosenverkäufer und
5 der Pastetenbäcker (zusammen) und führten jenen Mann, dem das Zicklein gehörte, vor den Richter. Erst trat der Zuckerbäcker vor und sprach: „O Herr! dieser hat bei mir Zuckerwaren gegessen, ohne mir den Preis dafür zu bezahlen." Dann kam der Aprikosenverkäufer und sagte: „O Herr! dieser hat bei mir Aprikosen gegessen, ohne mir den Preis dafür zu bezahlen." Dann kam der Pastetenbäcker und sagte: „O Herr! der da hat bei mir Pasteten gegessen, ohne mir den Preis dafür zu bezahlen." Da fragte der
10 Richter: „Weshalb, o Mann, gibst du diesen Leuten nicht, was ihnen zukommt?" Dieser aber antwortete: „O Herr — Gott schenke dir langes Leben! —, ich traf mit ihnen ein Abkommen, sie sollten mir gestatten, daß ich mir den Bauch fülle, dann sollten sie dieses Zicklein dafür erhalten; sie aber jagten mich weg, bevor ich satt war." Da sagte der Richter: „Ihr habt keine Ansprüche an ihn," und jagte sie weg.

Der Mann aber band das Zicklein an einen Strick und zog
15 es hinter sich her. Als es nun Abend wurde, begann er laut zu rufen: „Wer will mich hinter seiner Haustüre beherbergen? der soll dafür dieses Zicklein erhalten." Da kam aus einem Hause eine Frau heraus und fragte ihn: „Was sagst du da, Mann?" Er erwiderte: „Ich sage: ‚Wer will mich hinter seiner Haustüre beherbergen? der soll dafür dieses Zicklein erhalten.'" Da führte ihn die Frau in ihr Haus und wies ihm an: „Lege dich hier schlafen." Hierauf aber wurde an die Türe geklopft. „Wer
20 ist da?" fragte er. Sie erwiderte: „Mein Mann." Da fragte er: „Aber wie solls mit mir werden? Wird er mich nicht totschlagen?" Sie erwiderte: „Schlüpfe in die Vorratskammer." Da schlüpfte er in die Vorratskammer. Hierauf kam der Zuckerbäcker zu ihr. Wiederum wurde an die Türe geklopft; da fragte der Zuckerbäcker: „Wer ist da?" Sie sagte: „Es wird doch nicht mein Mann sein!" „Aber ich," fragte er, „wird er mich nicht totschlagen?" Sie wies auch ihn an: „Schlüpfe in die Vorratskammer." Hierauf kam der Aprikosenhändler; wiederum wurde an die Türe geklopft; da
25 fragte er: „Wer klopft an die Türe?" Sie antwortete: „Es wird doch nicht mein Mann sein!" „Aber wie ists mit mir?" fragte er. „Geh du in die Vorratskammer hinein," sagte sie. Darnach kam der Richter; nachdem er eine Weile bei ihr gesessen hatte, wurde wiederum an die Türe geklopft; da fragte der Richter: „Wer klopft

an die Türe?" Sie antwortete: „Es wird doch nicht mein Mann sein!" „Aber wie ists mit mir?" fragte er. „Geh du in die Vorratskammer." sagte sie. Nun kam ihr Mann und setzte sich an seinen Platz. In der Vorratskammer aber steckten nun viere; der Eigentümer des Zickleins[1] aber schlug ihnen vor: „Wir wollen ein Lied singen." Sie aber sagten: „Bitte sei doch still, sonst hört es der Mann dieser Frau und schlägt uns tot." Er aber sagte: „Gut, singe uns doch ein Lied, Richter!" Dieser erwiderte: „Bitte, o Mann, stelle uns doch nicht bloß! Sonst kommt ihr Mann und schlägt uns tot." Er aber sagte: „Ich werde nur unter der Bedingung still sein, daß ihr eure Kleider auszieht und nackt dasitzt." Da zogen sie ihre Kleider aus und saßen nun nackt da. Der Eigentümer der Ziege aber nahm die Kleider und schnürte sie mit einem Stricke zusammen; dann setzte er sich darauf. Nun sagte der Mann zu seiner Frau: „Es wird in der Vorratskammer gesprochen." Sie erwiderte: „Es sind Engel Gottes da." „Was tun sie denn bei uns?" fragte er. „Sie kommen, uns Segen zu bringen," erwiderte sie. Da rief er: „O ihr Engel Gottes, wie viele seid ihr?" Es antwortete ihm aber der Eigentümer des Zickleins: „Es sind da: der Zuckerbäcker und der Aprikosenhändler und der Richter und das Zicklein und ich." Der Mann erwiderte: „Kommt heraus! Ich möchte euch ansehen." Jener aber nahm das Paket Kleider auf den Rücken, zog das Zicklein am Seil und trat zuerst heraus; dann kamen jene zum Vorschein. Er aber zog das Zicklein am Seil und ging zum Hause hinaus, während jene nackt davonliefen.

Hierauf begab er sich zu dem Manne, der den Korb gekauft hatte, und sagte zu ihm: „Auf! wir wollen nach Hause gehen." Da gingen sie hin zu den Beduinen. Diese kamen, sie zu begrüßen; dann fragten sie: „O du, was hast du in Damaskus ausgerichtet? Was hast du mitgebracht?" Da erzählte er: „Ich bin nach Damaskus gegangen und habe dieses Zicklein mitgenommen; ich wollte es dem Aprikosenhändler verkaufen und habe dafür Aprikosen gegessen; dann habe ich es wieder mitgenommen und habe Zuckerwerk dafür gegessen; dann habe ich es wieder mitgenommen und habe dafür Pasteten gegessen; dann habe ich es wieder mitgenommen und habe bei einer Frau Quartier genommen. Hierauf kamen der Zuckerbäcker, der Aprikosenhändler und der Richter sie besuchen, sie aber versteckte sie in der Vorratskammer. Da begann ich zu sprechen; sie aber machten: ‚Bitte, stelle uns nicht bloß.' Ich sagte zu ihnen: ‚Ich will bloß unter der Bedingung still sein, daß ihr eure Kleider auszieht.' Da zogen sie die Kleider aus und saßen nun nackt da. Ich aber nahm die Kleider mit meinem Zicklein und ging meiner Wege; das ging nicht so wie

---

[1] Aus dem Zusammenhang der Geschichte geht hervor, daß der Beduine der Frau und dem Manne gegenüber ein gutes Gewissen hat, die anderen dagegen nicht.

mit dem, der einen Korb für 500 Piaster mitgebracht hat." Diesen Bericht gab der Beduine seinen Stammesgenossen, die ihn zu begrüßen kamen; die aber riefen: „Bravo!" Und nun ist die Geschichte aus.

19.

Es war einmal einer, der hieß Froschlalo[1], der hatte einen Bruder; er hatte keine Söhne, während sein Bruder welche hatte. Da bat er seinen Bruder: „Bete für mich, daß ich Söhne kriege!" Jener erwiderte: „Wenn ich für dich bete und du Söhne kriegst, was willst du mir dafür geben, Bruder?" „Ich will dir ein Lamm geben," sagte er. Da betete er für ihn, und jener bekam einen Sohn. Da sagte er: „Du hast ja nun einen Sohn bekommen, Bruder; so gib mir nun das Lamm, das du mir versprochen hast." „Ich besitze nichts," erwiderte jener. Da zankten sie mit einander; hierauf riet ihnen jemand, vor Gericht zu gehen. Als sie am folgenden Tage aufgestanden waren, machten sie sich auf den Weg zum Gericht; den ganzen Tag wanderten sie, gelangten jedoch nicht nach Damaskus; daher übernachteten sie in Qobun[2]. Den Mann, der einen Sohn bekommen hatte, lud man ein; seinen Bruder aber lud niemand ein. Während jener speiste, bis er fertig war, forderte diesen niemand auf: „Komm und iß!" Seine Frau aber hatte ihm als Reisezehrung zwei Brote bereitet und etwas Malven dazu mitgegeben; da legte er nun die beiden Brote sich vor und begann, von den Malven zu essen. Da trat die Frau des Mannes, der seinen Bruder zum Essen eingeladen hatte, zu ihm und fragte ihn: „Was issest du, Mann?" Er antwortete: „Was werde ich essen! Was willst du von mir?" Sie sagte: „Du sollst mir ein Mundvoll von den Malven geben, die du issest." Er aber erwiderte: „Selbst wenn du im Begriff wärest zu sterben, würde ich dir kein Mundvoll davon geben." Sie aber bat: „Bitte, gib mir ein Mundvoll." „Ich gebe dir nichts," erwiderte jener. Da machte sich ihr Mann auf, um ebenfalls gegen ihn Klage zu führen. So ging jener nach Damaskus und marschierte vor ihnen her; sie aber gingen hinterdrein. Unterwegs begegnete ihm ein Jude und fragte ihn: „Wie stehts um dich, Mann? Gehen jene über dich Klage führen?" Jener aber rief: „Geh uns aus dem Wege, du da!" „Nein," erwiderte er, „sage mir's doch!" „Laß uns in Ruhe," rief jener; dabei traf er mit der Hand dem Juden ins Auge, so daß er es ihm ausschlug. Da packte ihn der Jude und sagte: „Zahle mir das Sühngeld für mein Auge!" Jener aber antwortete: „Diese da gehen über mich Klage führen; geh mit ihnen Klage führen!" Da gingen sie Klage führen; wie er nun so mit ihnen zog, kam ihm einer entgegen und

---

1 Der Name bedeutet „Hilfe von Gott", „Gotthilf". 2 Qobun ist ein Ort bei Damaskus. O. Gl. [= el-Kābūn, eine Stunde nördlich von Damaskus].

fragte ihn: „Du Unglücklicher! da gehen nun die drei, gegen dich Klage zu führen; hättest du nicht Reißaus nehmen können?" „O nein!" erwiderte jener. So zogen sie ihres Weges weiter. Es hatte aber einer seinem Gaule Brennholz aufgeladen, und der Gaul war gestürzt; da rief er: „O Gott hilf, richte mir den Gaul wieder auf!" Da sprang jener, gegen den sie gingen Klage zu führen, rasch herzu und wollte den Gaul am Schwanz aufheben; dabei riß der Schwanz des Gaules ab. Nun packte ihn der Eigentümer desselben und rief: „Du hast mir meinen Gaul verdorben; du sollst mir den Preis dafür bezahlen!" „Wie soll ich den Preis für deinen Gaul bezahlen?" sagte jener. „Ich habe kein Geld." „So will ich gegen dich Klage führen," sagte er. Jener erwiderte: „Schon sind es ihrer drei, die gehen, gegen mich Klage zu führen; geh du auch noch mit, dann sind es vier." So zogen sie weiter. Als sie nun in die Nähe des Rathauses kamen, überlegte jener: „Da gehen nun die vier gegen mich Klage führen: was werden sie mir antun? Ich will mich auf dieses Minarett flüchten." Da lief er in das Minarett; jene aber, die gegen ihn Klage führen wollten, verfolgten ihn; da sprang er von der Spitze des Minaretts hinab zu Boden. Es hatte sich jedoch einer, der krank war, unterhalb des Minaretts hingelegt; wie jener sich nun vom Minarett hinabstürzte, fiel er auf den Kranken, so daß er ihn erdrückte. Da packten ihn dessen Angehörige; so wurden es nun fünf.

Die fünf Leute nahmen ihn und traten vor den Richter. Dieser fragte ihn: „Was hast du, Mann, mit diesen fünf Leuten?" Er erwiderte: „O Herr! mein Bruder bekam keine Söhne, da bat er mich, ich solle für ihn beten, damit er Söhne bekäme. Ich sagte ihm: ‚Was willst du mir geben, Bruder?' Er versprach: ‚Ich will dir ein Lamm geben.' Darauf bekam er einen Sohn, gab mir aber das Lamm nicht. Da zankte ich mich mit ihm, er aber ist nun gekommen, Klage gegen mich zu führen." Da fragte der Richter den Bruder: „Weshalb hast du ihm das Lamm nicht gegeben? Nimm dich in acht!" Dieser entgegnete: „Da mir nun Gott einen Sohn geschenkt hat, wozu soll ich ihm ein Lamm geben?" Jener aber entschied: „Anstatt des Lammes sollst du ihm 500 Piaster geben." — Hierauf fragte er: „Was hast du mit diesem andern Manne?" Er erwiderte: „Was den betrifft, so haben (seine Leute), als wir unterwegs waren, meinen Bruder eingeladen und ihm ein Abendessen bereitet, während ich draußen saß, ohne daß jemand zu mir sagte: ‚Nimm einen Löffel Essen zu dir!' Ich bin eben ein armer Mann; meine Frau aber hatte mir zwei Brote mit Malven mitgegeben. Da kam seine Frau zu mir und sagte, ich solle ihr davon geben. Ich erwiderte ihr jedoch: ‚Selbst wenn du im Begriff wärest zu sterben, würde ich dir nichts davon geben.' Da sprach der Richter: „Du da, Mann, weshalb hat deine Frau ihm nicht einen Teller voll warmer Speise gebracht und hat ihm dagegen noch eine Handvoll (von seiner Nahrung) wegnehmen wollen? Du sollst ihm 700 Piaster geben." So hatte ihm nun sein Bruder 500 und der andere Mann 700 Piaster geben müssen. — Hierauf sagte der Richter: „Tritt vor, Jude, wir wollen untersuchen, wie es sich mit deinen Ansprüchen verhält." Da berichtete er: „Mir hat er ein Auge ausgeschlagen." Der Richter fragte: „Weshalb, Mann, hast du dem Juden ein Auge ausgeschlagen?" „O Herr!" erwiderte jener, „da war mein Bruder und der, dessen Frau ich keine Malven hatte geben wollen, die gingen gegen mich Klage führen; da traf mich dieser unterwegs und packte mich, ich müsse ihm unter allen Umständen sagen, weshalb sie gegen mich Klage führen wollten. Ich aber sagte: ‚Geh uns aus dem Wege!', [1]und bewegte meine Hand so[1]; da fuhr ihm meine Hand ins Auge und schlug es ihm aus." Hierauf sprach der Richter: „Tritt näher an ihn heran, Jude, damit er dir auch das andere Auge ausschlage: dann darfst auch du ihm ein Auge ausschlagen; denn je zwei Augen eines Juden sind so viel wert als ein Auge eines Muslimen." Der Jude aber entgegnete: „Gnade, o Herr! mit diesem Auge möchte ich noch sehen, so gut es geht; das sollte er mir ausschlagen und mich des Augenlichtes ganz berauben? Ich fordere nichts mehr; weder soll er mir das andere ausschlagen, noch will ich ihm ein Auge ausschlagen." Der Richter aber sprach: „Nein, das geht nicht." „Gnade, o Herr!" bat jener. „So gib ihm," sprach er, „400 Piaster." Der Jude aber sagte: „Ist es nicht genug, daß er mir mein Auge ausgeschlagen hat, soll ich ihm noch dazu 400 Piaster bezahlen?" Jener erwiderte: „Sperre dich wie du willst, du mußt es ihm bezahlen." Da gab ihm der Jude die 400 Piaster. — Hierauf sprach der Richter zum Eigentümer des Gauls: „Komm, wir wollen prüfen, was du mit ihm hast." Dieser sagte: „O Herr! der da hat meinem Gaul den Schwanz ausgerissen." Da fragte ihn der Richter: „Du da, weshalb hast du seinem Gaul den Schwanz ausgerissen?" Jener erzählte: „Während wir unterwegs waren, rief einer: ‚O Gott hilf, komm und richte mir den Gaul, den ich bei mir habe, wieder auf.' Nun heiße ich Gotthilf; daher lief ich rasch herzu und wollte den Gaul am Schwanze aufheben; der aber riß ab." „Gut," sprach der Richter, „gib ihm deinen Gaul, damit er ihn zur Arbeit benutze, bis deinem Gaul ein neuer Schwanz wächst; dann kannst du ihn wieder bei ihm holen." Jener erwiderte: „Vielleicht wächst aber meinem Gaul kein neuer Schwanz." Der Richter sprach: „Entweder gib ihm den Gaul oder gib ihm 300 Piaster." Jener entgegnete: „Gnade, o Herr! Ist es daran nicht genug, daß meinem Gaul der Schwanz abgerissen ist, muß ich auch noch 300 Piaster bezahlen?" Er aber sprach: „Mach's wie du willst; wie du dich auch sperrst, du sollst ihm 300 Piaster bezahlen." Da gab sie ihm der Eigentümer des Gauls. — Nun

---

[1] Wörtl. „mit der Hand so"; die Erzählerin machte hierbei mit der Hand eine Bewegung nach vorwärts.

trat der andere Mann vor, und der Richter fragte: „Was hast du mit ihm gehabt, Mann?" Er berichtete: „Mein Bruder war krank; da legte ich ihn unterhalb des Minaretts hin; [1]wir hatten diesen Mann nie gesehen, bis er auf ihn fiel und ihn erdrückte[1]." Der Richter fragte: „Weshalb hast du dich auf den Bruder dieses Mannes hinabgestürzt und ihn erdrückt?" Jener erwiderte: „O Herr! ich blickte hinter mich und fand, daß es vier Männer waren, die gegen mich Klage erheben gingen; da wollte ich mich vor ihnen in jenes Minarett flüchten; aber sie verfolgten mich, daher stürzte ich mich vom Minarett hinunter und fiel auf jenen Mann, und so wurde er erdrückt." Der Richter aber sprach: „Geh, lege dich unter das Minarett; dann soll der Bruder dessen, der erdrückt worden ist, hinaufsteigen und sich auf dich hinabstürzen." Der Bruder dessen, der erdrückt worden war, sagte jedoch: „Gnade, Herr! Soll ich auf das Minarett steigen und mich auf ihn hinabstürzen? Vielleicht breche ich mir dabei ein Bein oder einen Arm; ist es nicht genug, daß er meinen Bruder erdrückt und getötet hat, soll ich mir denn dabei auch noch einen Arm oder ein Bein brechen?" Der Richter aber sprach: „So gib ihm also 100 Piaster." Da gab er ihm 100 Piaster; hierauf sprach der Richter: „Geh nur deines Weges, Mann! Du bist ein armer Mann; nimm das Geld, geh und gib es für deine Kinder aus!" Der Mann aber sagte zum Richter: „Nimm doch davon 500 Piaster als Lohn für deine Bemühung!" Jener aber erwiderte: „Gott gesegne es dir! Du bist ein armer Mann; ich begehre keinen Lohn von dir." Da nahm der Mann das Geld und begab sich zu den Läden, in welchen Kleiderstoffe feil sind; da kaufte er Kleiderstoffe. Dann begab er sich zu seiner Familie und sagte zu seiner Frau: „Da sind Kleiderstoffe, nähe den Jungen Kleider." Sie aber fragte: „Woher hast du Geld, Mann?" Er erwiderte: „Gott hat das Herz des Richters zu unsern Gunsten gerührt; fünf Leute gingen gegen mich Klage führen, der Richter aber hat ihnen Geld abgenommen und es mir geschenkt." Da erzählte der Mann seiner Frau die Geschichte, und sie lebten in Frieden weiter. [Und die Geschichte ist aus.]

20.

Es war einmal einer, der hatte eine Frau, die starb und hinterließ ihm einen Sohn. Als der Knabe größer wurde, heiratete der Vater wieder; die Stiefmutter aber schlug den Knaben oft, so daß er sich sehr unglücklich fühlte. Nun besaß sein Vater einen kostbaren Ring; alles was er von diesem Ringe verlangte, schaffte er zur Stelle. Als der Vater einmal abwesend war, machte

---

1 [unversehens fiel dieser Mann ...].

sich der Junge an die Truhe, öffnete sie und nahm den Ring aus der Truhe heraus; dann ging er weg. ¹Hierauf zog er¹ schöne Kleider an und machte sich auf den Weg. Er traf einen Ziegenhirten; dem schlug er vor: „Nimm diese Kleider, die ich anhabe, und gib mir dafür deine Kleider!" „Willst du mich zum besten halten?" fragte dieser. „Nein," sagte jener, „im Ernst, ich halte dich nicht zum besten." „Das kann nicht sein," erwiderte jener; „du trägst schöne Kleider, meine Kleider aber sind schlecht." Er sagte: „Einerlei, ziehe sie aus und gib sie mir; dann will ich dir meine Kleider geben." Da zog der Hirt seine Kleider aus und zog die Kleider des jungen Mannes an; der Hirt zog die Kleider des jungen Mannes an, während der junge Mann die des Hirten anzog; dann trieb der Hirt seine Ziegen zusammen und führte sie auf die Weide. Der junge Mann aber schlug den Weg nach den Dörfern hin ein. Er gelangte in ein Dorf; da traf er eine Frau, die am Bache Eingeweide wusch. Er setzte sich zu ihr hin und fragte sie: „Mütterchen², bringen die Verwünschungen, die Weiber aussprechen, den Tod?" Sie antwortete: „Nein, mein Sohn!" Da wartete er, bis sie den Fettdarm ausgewaschen hatte; dann stahl er ihr den Fettdarm und lief damit weg. Nun begann die Frau ihn zu verwünschen und rief: „Ja freilich bringen die Verwünschungen der Weiber den Tod." Er aber erwiderte: „Ich habe dich ja gefragt, und du hast gesagt: ‚Sie bringen den Tod nicht.'" Sie lief ihm nach, um ihm den Darm wieder abzunehmen, aber sie konnte ihn nicht einholen; da kehrte sie wieder um.

Er aber zog seines Weges und gelangte in die Nähe von Damaskus; da traf er einen Mann, den fragte er: „Herr, wie heißt diese Stadt?" „Sie heißt Damaskus," antwortete jener. Da trieb er sich herum und sah sich Damaskus an. Dabei gelangte er an eine Stelle, wo ein Baumgarten war; darüber ragte ein Pavillon hervor. Da erkundigte er sich: „Wer bewohnt diesen Pavillon?" Man antwortete ihm: „Die Tochter des Wesirs." „So zeigt mir den Weg zum Hause des Eigentümers dieses Gartens³!" bat er. Hierauf sagte jemand zu ihm: „Warte doch nur hier vor dem Gartentore, bis der Eigentümer des Gartens kommt; dann triffst du ihn." Da setzte er sich vor das Gartentor und wartete bis gegen Abend; als der Besitzer kam, fragte er ihn: „Bist du der Eigentümer des Gartens?" „Ja freilich," antwortete dieser. Jener fragte ihn weiter: „Willst du mich als Knecht für deinen Garten dingen?" „Was willst du denn in dem Garten arbeiten?" fragte der Besitzer. Jener erwiderte: „Ich will ihn bewässern und will darin Gurken und Eierpflanzen ziehen und überhaupt alles tun, was du mir befiehlst." „Gut, ich will dich dingen," sagte er. Als er sich nun in jenem Garten befand, holte er den Darm, den er der Frau entwendet

---

1 [er hatte].   2 eig. Tante.   3 Der Eigentümer des Gartens ist doch wohl kaum der Minister?

hatte, weichte ihn im Wasser ein und zog ihn sich über den Kopf. Als der Eigentümer des Gartens ihm das Essen brachte, fragte er, indem er näher zu ihm trat: „Was hast du da über deinen Kopf gezogen?" Er erwiderte: „O Meister, ich habe nichts angezogen." „Warum denn sieht er so aus?" fragte jener. „Ich bin ein Grindkopf¹," erwiderte er. „Wie heißt du denn?" fragte jener. „Was geht dich mein Name an?" fragte dieser. „Wir müssen dich doch rufen können," sagte jener. „So ruft mich ‚Grindkopf vom Garten'," erwiderte dieser. „Schön! Ganz wie du willst." Mit diesen Worten verließ er ihn.

Nachdem der Eigentümer des Gartens weggegangen war, zog jener den Siegelring hervor, den er seinem Vater weggenommen hatte, und sprach zu ihm: „Du sollst mir ein Pferd, ein schönes Kleid aus Tuch, ein Schwert und andere Waffen liefern." „Schließe deine Augen!" sagte der Ring. Er schloß die Augen; dann öffnete er sie wieder, da fand er ein Pferd, ein schönes Kleid aus Tuch, ein Schwert und andere Waffen und ein Fes. Er zog die Kleider, die er anhatte, aus; auch den Darm nahm er von seinem Kopfe herunter; dann zog er das schöne Gewand aus Tuch und das Fes an, legte die Waffen an und bestieg das Pferd; dann fing er an, sich auf einem freien Platz in jenem Garten umherzutummeln. Als es Mittag geworden war, stieg er vom Pferde und legte seine Kleider wieder ab; den Ring zog er hervor und befahl ihm: „Du sollst das Pferd, die Kleider und die Waffen wieder an dich nehmen." Der Ring nahm sie an sich; jener zog den Darm und seine alten Kleider wieder an. Hierauf fand er eine Hecke in dem Garten; da ging er hin und setzte sich in dieselbe hinein. Hernach kam sein Herr, um ihm sein Frühstück zu bringen; der Meister öffnete das Gartentor und rief: „Grindkopf vom Garten!" Er aber gab keine Antwort. Da suchte der Meister im Garten herum; schließlich kam er auch zu der Hecke und fragte: „Grindkopf vom Garten, weshalb ruhst du dich in der Hecke aus?" Er erwiderte: „Hilf mir, Meister! Es ist jemand gekommen, hat mich durchgeprügelt und dann in diese Hecke hineingeworfen." „Steh doch auf!" sagte jener. „Zieh mich an der Hand hinaus," bat er. Da zog er ihn an der Hand aus der Hecke heraus; dann gab er ihm sein Mittagsmahl. Er setzte sich hin, um zu essen; hierauf verließ ihn sein Herr wieder.

Am folgenden Morgen früh zog er wiederum den Ring hervor und sprach zu ihm: „Du sollst mir herbeischaffen, was du mir gestern herbeigeschafft hast." Da schaffte er ihm ein Pferd, eine schöne Kleidung, Waffen und ein Fes herbei; er zog den Darm und seine alten Kleider aus und legte die schöne Tuchkleidung, die Waffen und das Fes an; dann stieg er zu Pferde und tummelte

---

¹ Mit der Kahlköpfigkeit ist meistens Grind verbunden. Über den Grindkopf vgl. Prym u. Socin, Neuaram. Dialekt des Ṭûr 'Abdin II, S. 401.

sich auf dem Platze herum. Es ging aber ein Fenster[1] des Pavillon, den die Tochter des Wesirs bewohnte, auf jenen Garten; als sie nun das Fenster öffnete, um die Aussicht auf den Garten zu genießen, erblickte sie jenen jungen Mann, wie er sich auf dem Platze tummelte, und sah, daß es ein schöner Jüngling war. Sie blieb daher längere Zeit am Fenster sitzen, bis er aufhörte, denn er gefiel ihr sehr. Er begab sich nun wieder zu dem Platze, wo er seine alten Kleider gelassen hatte, legte sie an und stülpte sich auch den Darm wieder über den Kopf.

Die Tochter jenes Wesirs war erwachsen, und es meldeten sich daher Freier bei ihrem Vater; aber das Mädchen wollte keinen nehmen. Schließlich blieb in der Stadt niemand übrig, von dem man ihr nicht gesprochen hätte; aber sie wollte von keinem etwas wissen. Nun schlugen die Leute dem Wesir vor: „O Herr! lade doch die Freier zu einem Mahle ein und laß sie unter dem Fenster deiner Tochter vorübergehen, ihr aber gib einen goldenen Apfel; sie soll auf den Mann, den sie zu haben wünscht, jenen Apfel werfen." Da ließ der Wesir öffentlich verkündigen: „Niemand soll zu Hause essen, der Wesir veranstaltet für alle Freier ein Abendessen; sie sollen kommen, bei ihm zu speisen." Da kamen alle jungen Männer, um beim Minister zu speisen; auch der Grindkopf vom Garten befand sich unter ihnen; dann ließen sie dieselben unter dem Fenster vorübergehen. Das Mädchen aber hob den goldenen Apfel empor und warf ihn auf den Grindkopf. Der Grindkopf fing an zu schreien: „Ach, ach, meine Glatze!", und kratzte sich seinen Kopf; er hatte sich nämlich den Darm über den Kopf gezogen, so daß die Leute meinten, er sei grindköpfig. Da sagten sie (zu einander): „Sie hat den Apfel auf den Grindkopf geworfen." Darauf ließ ihr Vater fragen: „Hat sie den Apfel geworfen?" Man erwiderte ihm: „Ja, auf den Grindkopf vom Garten hat sie ihn geworfen." „Da muß sie sich ja aber geirrt haben," sagte jener; „kommt morgen früh alle wieder, um an ihr vorbeizuziehen und dann bei mir zu frühstücken." Wiederum wurde ausgerufen: „Morgen sollt ihr nicht zu Hause frühstücken, sondern sollt zum Wesir kommen, um bei ihm zu frühstücken." Sie kamen also und zogen wiederum unter dem Fenster vorbei; auch der Grindkopf vom Garten ging mit, und wiederum warf sie den Apfel auf ihn. Da gingen die Leute zu ihrem Vater und meldeten ihm: „Deine Tochter hat den Apfel auf den Grindkopf geworfen; wie sie ihn gestern geworfen hat, hat sie ihn heute geworfen." Der Vater sagte: „Sie hat ihn gewiß auf jemand anders werfen wollen, und er hat ihn getroffen. Kommt Mittag bei mir essen; dann zieht vorbei und laßt den Grindkopf vom Garten zuletzt und allein vorübergehen." Die Männer zogen alle vorbei, so daß nur noch der

---

[1] Unter dem Fenster ist ein Gitterfenster oder eine mit einem hölzernen Laden geschlossene Luke zu verstehen.

Grindkopf übrig war; als dieser nun allein vorüberging, hob sie den Apfel empor und warf ihn auf ihn. Da lachten die Männer und sagten: „Die ist toll; alle diese Männer und Jünglinge gefallen ihr nicht, nur der Grindkopf vom Garten gefällt ihr." Hierauf begab sich ihr Vater zu ihr und sagte zu ihr: „Meine Tochter! die Leute lachen uns aus: ‚Soll die Tochter des Ministers den Grindkopf vom Garten erwählen, daß er sie heirate?'" Sie aber erwiderte: „Ja, den will ich." Er fragte: „Also einen Grindkopf willst du heiraten?" „Ja, ich will ihn," erwiderte sie. „Einen Knecht willst du heiraten?" fragte er. „Mag er dies sein," erwiderte sie, „ich will ihn." „Nun gut," sagte der Minister; er ließ ihn rufen und sprach zu ihm: „O du Grindkopf vom Garten, meine Tochter will dich heiraten und hat keinen andern nehmen wollen." Jener erwiderte: „Ich bitte dich, o Herr, laß mich, wie ich bin; wie kann ich an Heiraten denken? Ihr würdet mich ja auslachen." Er aber sagte: „Sie will nun einmal keinen andern als dich." Dann ließ er den Geistlichen holen, und dieser traute ihm das Mädchen an; so gab ihm der Minister seine Tochter zur Frau. Alle Einwohner der Stadt aber lachten ihn aus: „Ist der Wesir verrückt und seine Tochter? Wird ein Wesir seine Tochter dem Grindkopf vom Garten zur Frau geben?" Der Wesir aber wurde ärgerlich und zürnte seiner Tochter; daher befahl er ihr, aus seinem Hause wegzuziehen, und wies ihr ein Zimmerchen am Hoftore an; bei sich wollte er sie nicht mehr haben, sondern sagte zu ihr: „Geh weg und lebe nun mit dem Grindkopf vom Garten!"

Nach einiger Zeit wurde jener Wesir in einen Krieg verwickelt; daher ließ er in der Stadt bekannt machen, er sei in Krieg verwickelt, alle Leute der Stadt sollten zu Pferde mit ihm ausziehen. Da lachten sie ihn aus, indem sie sagten: „Was hat er den Leuten der Stadt zu befehlen, mit ihm auszuziehen? Es genügt ja der Grindkopf vom Garten, den seine Tochter sich erwählt hat." Des andern Morgens früh brachen die Männer auf, die mit dem Sultan[1] in den Krieg ziehen sollten; die jungen Leute und Soldaten stiegen zu Pferde und zogen ab. Da ging auch der Grindkopf vom Garten hin; er holte sich einen lahmen Klepper und zwei lange Stöcke; den lahmen Klepper bestieg er, und die beiden Stöcke legte er sich auf die Schulter; so zog er hinter den Soldaten drein. Die Leute aber riefen: „Seht euch doch den Schwiegersohn des Wesirs an, wie er mit ihm zu Felde zieht; er reitet auf einem lahmen Klepper und führt als Waffe zwei Stöcke bei sich; so will er mit dem Wesir in die Schlacht ziehen." Als jedoch der Grindkopf eine Strecke weit ins freie Feld gekommen war, zog er den Ring aus seiner Tasche und sprach zu ihm: „Schaffe

---

[1] Der „Sultan" ist eine Inkonsequenz der Erzählerin; nach dem Zusammenhange ist der Wesir gemeint. Dieser führt selbständig Krieg, gerade wie ein Pascha: Prym u. Socin, Neuaram. Dialekt des Ṭûr 'Abdîn II, 377.

mir mein Pferd, meine Kleider und meine Waffen zur Stelle."
Hierauf legte er seine schönen Kleider und seine Waffen an, bestieg sein Pferd und holte die Soldaten ein. Dann stürzte er sich in den Kampf gegen diejenigen, welche herangezogen waren, dem Wesir eine Schlacht zu liefern; er besiegte sie und trieb sie in die Flucht. Da sagten die Soldaten: „Dieser tapfere Mann sollte der Schwiegersohn des Wesirs sein." Während er jedoch gekämpft hatte, war er an der Hand verwundet worden; da zog der Wesir sein Schnupftuch heraus und verband ihm damit die Hand. Hierauf kehrten sie aus der Schlacht heim; als sie sich nun der Stadt wieder näherten, blieb er zurück und begab sich zu seinem lahmen Klepper und seinen Stöcken; die lud er auf die Schulter, bestieg den Klepper und ritt hinter den Soldaten drein. Da sagten die die Leute: „Da kommt nun endlich der Grindkopf vom Garten; wohin will er wohl? Hat er etwa die Niederlage von dem Wesir abgewendet?" Hierauf traten die Männer vor den Wesir und sagten zu ihm: „Wenn du deine Tochter und den Grindkopf vom Garten hier bei dir behältst, so lachen dich die Leute aus; wir bitten dich, verbanne sie an irgend einen anderen Ort; dann werden die Leute wohl aufhören, dich auszulachen." Am folgenden Morgen begab sich der Wesir zu seiner Tochter und befahl ihr: „Nimm den Grindkopf vom Garten mit dir und zieh weg von hier; die Leute haben mich schon zur Genüge ausgelacht; ich möchte einen Schwiegersohn wie der, welcher gestern ganz allein die Niederlage von mir abgewendet hat." Der Grindkopf aber, welcher noch zu Bette lag, hob mit der Hand seine Bettdecke empor; da war seine Hand noch verbunden mit dem Schnupftuch des Wesirs. Als nun der Wesir sein Schnupftuch erkannte, sagte er: „Also du bist es, der ganz allein die Niederlage von mir abgewendet hat, indem du getan hast, als wärest du ein Grindkopf!" Die Tochter aber sagte: „Ja freilich, Vater! Ich hatte ihn im Garten gesehen, wie er einen Ring hatte, der ihm ein Pferd und Waffen und schöne Kleider aus Tuch zur Stelle schaffte, und wie er sich auf dem Platze im Garten herumtummelte; wenn er damit aufhörte, zog er sich jenen Darm über und sah aus wie ein Grindkopf." Jener aber sagte: „Also du hattest ihn gesehen und Gefallen an ihm gefunden!" Hierauf ließ er ihn wieder ins Schloß hinaufziehen und bei sich wohnen; da lebten sie in Frieden. Und nun ist's aus.

21.

Es war einmal einer, der pflegte Frösche zu fangen; während er einmal Frösche aus dem Wasser zog, fand sich darunter auch ein Fisch. Wie er nun den Fisch betrachtete, sah er, daß er auf dem Rücken golden war. Als er am Abend nach Hause kam, fragte ihn seine Frau: „Mann, hast du Frösche gebracht?" „Ja," erwiderte er, „ich habe aber auch einen Fisch gekriegt; wollt ihr, daß wir diesen Fisch verkaufen oder ihn bei uns behalten?" Sie fragte: „Weshalb? Was ist's mit dem Fisch?" Er antwortete: „Sein Rücken ist mit Gold besetzt." „Zeige mir ihn!" bat sie. Da zeigte er ihn ihnen; als sie ihn einige Zeit beschaut hatten, sagte seine Tochter: „Lieber Vater, diesen Fisch sollten wir eher dem König bringen, als daß wir ihn verkaufen; wenn wir ihn verkaufen, wieviel Piaster wird er uns eintragen? Der König aber wird dir ein Geschenk weit über seinen Wert geben." Der Mann fragte: „Wer will ihn hintragen?" „Ich," erwiderte sie. Darauf brachte sie ihn dem Könige; als dieser ihn betrachtete, fand er ihn sehr merkwürdig; er rief seinen Kindern und rief seiner Frau: „Kommt und beschaut diesen Fisch; ich habe seinesgleichen noch nie gesehen." Da kamen sie und beschauten ihn längere Zeit. Hierauf fragte der König: „Was wollen wir dem Mädchen für den Fisch geben?" Sein Sohn sagte: „Die muß fünfhundert Piaster dafür bekommen." Da gab er ihr fünfhundert Piaster; als sie zu ihrem Vater zurückkam, fragte dieser: „Wieviel hat dir der König zum Geschenk gegeben, meine Tochter?" Sie antwortete: „Fünfhundert Piaster hat er mir gegeben." „Da gratuliere ich dir," sagte er.

Jene aber setzten den Fisch in das Bassin ins Wasser; von nun an verweilten sie jeden Morgen früh beim Bassin, um den Fisch zu beschauen und sich an ihm zu freuen. Als sie nach Verlauf von drei Tagen wieder bei dem Wasserbassin verweilten und auch die Königin dabei saß, sprang der Fisch aus dem Bassin heraus; sein Maul nahm er voll Wasser, schwamm zur Königin hin und spritzte ihr das Wasser ins Gesicht. Da wurde die Königin zornig und befahl: „Laßt jenes Mädchen holen, das diesen Fisch gebracht hat!" Man schickte nach dem Mädchen, um es holen zu lassen. Der Vater des Mädchens aber sagte: „Der König will gewiß die fünfhundert Piaster wieder, die er meiner Tochter geschenkt hat; nun habe ich sie aber ausgegeben; woher wohl soll ich fünfhundert Piaster herbeischaffen!" Das Mädchen jedoch begab sich zum Könige; da fuhr die Königin sie an: „Nimm dich in acht, Mädchen! Erkläre mir, warum mir der Fisch ins Gesicht gespuckt hat!" Sie antwortete: „Was liegt daran, daß er dir ins Gesicht gespuckt hat?" „Nein, nein," sagte jene, „erkläre es mir." „Ich will es dir erklären," erwiderte sie; „aber es wird dich gereuen, gerade so wie es den Jäger in betreff seines Falken reute." Da fragte sie: „Wie war das mit dem Jäger, den es in betreff seines Falken reute?" Jene erzählte:

Es war einmal ein Jäger, der jagte in der Steppe; hierbei wurde er durstig und konnte kein Wasser entdecken. Da fand er eine Höhle und trat in das Innere derselben; dort sah er, daß von derselben Wasser heruntertröpfelte, von Zeit zu Zeit ein bißchen; da stellte er seinen Trinkbecher unter das Wasser, das herabtröpfelte, hin und sammelte so etwas Wasser. Hierauf nahm er

den Becher vom Boden, um das Wasser zu trinken; da flog sein
Falke gegen den Becher und verschüttete das Wasser. Da legte
der Jäger die Flinte an und erschoß seinen Falken. Dann blickte
er zur Decke der Höhle empor, um daselbst noch mehr Wasser
zu suchen; da erblickte er an dem Platze, wo das Wasser herabtröpfelte, eine Schlange, die aus ihrem Maule Gift herabtropfen ließ;
25 was herabtröpfelte, war kein Wasser, sondern Gift aus dem Maule
der Schlange, und der Falke hatte er verschüttet, damit sein Herr
nicht jenes Gift trinke. Als nun der Jäger zugeschaut und gefunden hatte, daß es eine Schlange war, da empfand er Reue in
betreff seines Falken. — So erzählte das Mädchen der Königin und
fügte hinzu: „Ich will dir erklären, warum der Fisch dir in den
Mund gespuckt hat; aber es wird dich gereuen, wie es den Jäger
in betreff seines Falken reute." Jene sagte: „Nein, nein; erkläre
30 es mir nur!" „Morgen will ich es dir erklären," erwiderte sie.
Hierauf ging das Mädchen nach Hause. Da fragte sie ihr Vater:
„Was ist's mit dem König, liebe Tochter? Will er die fünfhundert
Piaster wieder?" „Nein, lieber Vater!" antwortete sie, „habe
keine Angst!"

Am folgenden Morgen ließ die Königin sie wieder holen und
sagte wiederum: „Du sollst mir erklären, warum der Fisch mir ins
Gesicht gespuckt hat." Jene erwiderte: „Ich will es dir er-
35 klären; aber es wird dich gereuen, wie es den Schmied gereute."
Da fragte die Königin: „Heraus damit! Wie war das mit dem
Schmied, den es gereute?" Da erzählte das Mädchen:

Es war einmal ein Schmied, der war in seiner Werkstätte an
seiner Arbeit; da dachte er: „Was könnte ich zum Frühstück essen?
Wart, ich will eine Gans kaufen, sie schlachten und sie hier in der
Werkstätte braten; die will ich zum Frühstück essen." Da ging
der Schmied hin, kaufte eine Gans und kehrte damit in seine Werkstätte zurück. Als er aber die Gans geschlachtet hatte, da öffnete
sich plötzlich die Erde und es kam einer zu ihm heraus, der sagte
5 zu ihm: „Komm hierher und guck einmal!" Da schaute der Schmied
auf die Stelle, wo die Erde sich geöffnet hatte und jener Mann
herausgekommen war; es war dort ein Gemach voller Goldstücke.
Jener Mann aber sagte zu dem Schmied: „Gib mir diese Gans und
hole dir dort dafür Goldstücke, soviel du willst." Der Schmied aber
wollte nicht darauf eingehen; da trat der Mann näher und prügelte
den Schmied; die Gans nahm er mit und schlüpfte in jenes Gemach hinein, in welchem das Gold lag; hierauf schloß sich die
10 Erde wieder, und als der Schmied um sich blickte, sah er keine
Gans, kein Gold und keinen Mann mehr. Da reute es den Schmied,
daß er ihm die Gans nicht gegeben und sich dafür Gold, soviel
er wollte, geholt hatte. So wird es auch dich, o Königin, gereuen,
wenn ich es dir erkläre.[1] — So erzählte das Mädchen der Königin

---

[1] Vgl. die Geschichte ZDMG. 36, 270 ff.

diese aber sagte: „Du mußt mir aber erklären, weshalb der Fisch mir ins Gesicht gespuckt hat." „Morgen will ich es dir erklären," erwiderte jene.

Am folgenden Morgen ließ die Königin das Mädchen wiederum holen. „Was willst du, o Königin?" fragte sie. Sie erwiderte: „Du sollst mir sagen, warum der Fisch mir ins Gesicht gespuckt hat." Sie entgegnete: „Ich will es dir schon sagen; aber es wird dich gereuen, wie es Ali den Gebetsrufer gereute." Da fragte jene: „Wie war das mit Ali dem Gebetsrufer, den es gereute?" Jene erzählte:

Es war einmal ein Gebetsrufer; als er nun einmal auf das Minarett hinaufgestiegen war, um zum Gebete zu rufen, kam ein Vogel, hieß ihn auf seinen Rücken steigen und flog mit ihm weg. Er brachte ihn an einen Ort, wo fünf Mädchen waren; diese behandelten ihn äußerst aufmerksam, brachten ihm schöne Kleider und bereiteten ihm gutes Essen. Er aber wollte wieder weggehen; da fragten sie ihn: „Wohin willst du?" Er erwiderte: „Ich habe Familie; ich habe Kinder; ich will an mein Geschäft gehen, um ihnen Nahrung zu verschaffen." Jene sagten: „Wir wollen ihnen Tag für Tag fünfhundert Piaster schicken." So sandten jene Mädchen, die Teufelinnen waren, ihm jeden Tag fünfhundert Piaster für seine Kinder. Als er aber acht Tage bei ihnen zugebracht hatte, sagte er zu ihnen: „Ich möchte weggehen, um meine Kinder zu sehen; ich will dann wiederkommen." Sie erwiderten: „Geh nur, aber verpasse den Mittag nicht; halte dich nicht länger auf als bis um Mittag." „Nein, nein," sagte er. Als der Mann nach Hause kam, trat seine Frau an ihn heran und fragte ihn: „Woher hast du das Geld, das du uns geschickt hast?" Er erwiderte: „Fünf Mädchen sind es, die es mir jeden Tag schenken, damit ich es euch schicken kann." Dann sagte er: „Nun möchte ich aber eine Weile schlafen." Da brachte sie ihm ein Kopfkissen, und er legte sich nieder; er befahl ihr aber: „Wecke mich vor dem Mittag!" Hierauf schlief der Mann; seine Frau jedoch weckte ihn nicht vor dem Mittag. Er erwachte erst, nachdem der Mittag vorbei war. Da stieg er auf sein Minarett, um zum Gebete zu rufen, aber es kam niemand, ihn zu holen; da reute es ihn, daß er geschlafen hatte. „Und so wird es auch dich reuen, o Königin!" — [So erzählte das Mädchen der Königin.] „Nein, nein," sagte diese; „erkläre mir, weshalb der Fisch mir ins Gesicht gespuckt hat!" „Morgen will ich es dir erklären," erwiderte sie.

Am folgenden Morgen sandte sie wiederum hin und ließ das Mädchen holen. Wiederum sagte sie: „Heraus damit, Mädchen! Erkläre mir, warum der Fisch mir ins Gesicht gespuckt hat." „Es wird dich reuen," sagte dieses. „Nein, es wird mich nicht reuen," sagte jene. Da fragte das Mädchen: „Wo ist der König?" „Er ist hier," sagte sie. „So laß ihm sagen, er möge hierher kommen." Als der König kam, bat sie ihn, Platz zu nehmen;

dann sagte sie zur Königin: „Hole deine Sklavinnen herbei." Als dies geschehen war, sagte das Mädchen zur Königin: „Befiehl ihnen, sich von Kopf zu Fuß auszuziehen." Die Königin ließ erst zwei, dann noch zwei andere sich ausziehen, und es blieb nur noch eine übrig. Da sagte die Königin: „Es genügt; ich weiß jetzt, weshalb der Fisch mir ins Gesicht gespuckt hat." Der König aber rief: „Nein; du sollst die andere sich auch noch ausziehen lassen." Sie erwiderte: „Nein, es ist genug; was willst du mit ihr?" „Nein, nein," sagte jener, „du sollst die andere sich ausziehen lassen." Da ließ sie die andere sich ausziehen, und es kam heraus, daß es ein Sklave war. Das Mädchen aber sagte: „Deswegen hat der Fisch dir ins Gesicht gespuckt; du bist dem König untreu; du hast einen Sklaven unter die Sklavinnen gesteckt und ihm die Kleider von Sklavinnen zum Anziehen gegeben; du bist dem König untreu; deswegen hat der Fisch dir ins Gesicht gespuckt. Ich sagte dir: ‚Es wird dich reuen;' du aber sagtest: ‚Nein, du sollst es mir erklären.'" Hierauf ließ der König seine Frau hinrichten; auch jenen Sklaven, der unter den Sklavinnen gefunden war, ließ er hinrichten. Dann ließ er den Priester holen, damit er ihm das Mädchen antraue. Hierauf ließ er ihre Angehörigen holen und wies ihnen eine Wohnung im Palaste an. Da lebten sie und die Angehörigen des Mädchens zufrieden mit einander. Und nun ist die Geschichte aus.

22.

Es war einmal ein Mann, der kam zu seiner Frau und fragte sie: „Frau, was wollen wir uns heute zu essen holen?"[1] „Bring, was du willst," erwiderte sie. Er sagte: „Heute will ich eine Gans bringen." „Gut," erwiderte sie, „bringe eine." Da holte er eine Gans; hierauf ging er an seine Arbeit. Während die Frau mit dem Zubereiten der Gans beschäftigt war, kam einer[2] zu ihr und fragte sie: „Was für ein Gericht kochst du hier?" Sie erwiderte: „Mein Mann hat uns eine Gans heimgebracht." „Habt ihr sie schon gekocht?" fragte er. „Eben koche ich sie," antwortete sie. Da setzte er sich zu ihr, um zu warten, bis die Gans gar wäre; dann bat er sie: „Zeige mir doch die Gans." Als sie sie ihm nun zeigte, sagte er: „Du solltest sie mir schenken." Sie aber erwiderte: „Wenn ich sie dir schenke, was soll ich dann meinem Manne sagen?" Er sagte: „Wie du willst; wenn du sie mir aber nicht schenkst, komme ich nie mehr zu dir." Sie sagte: „Gut, komm nicht mehr." Mit den Worten: „Also will ich gehen," erhob er sich und wollte weggehen; da sagte sie: „Nimm dir die Hälfte davon; die andere Hälfte wollen wir übrig lassen." „Nein, nein," sagte er, „du mußt

[1] Es ist bekannt, daß im Orient der Mann zu Markte geht. [2] Jedenfalls ihr Liebhaber.

mir sie ganz geben." Da fragte sie: „Aber wenn ich sie dir nun ganz gebe und mein Mann nach Hause kommt, was wollen wir ihm sagen?" Er erwiderte ihr: „Sage ihm: ‚Du hast sie nicht vollständig getötet; da ist sie davongeflogen.'" Da nahm jener die Gans in Empfang und ging weg. Am Abend kam ihr Mann nach Hause und fragte sie: „Frau, hast du die Gans zubereitet?" Sie antwortete: „Was habe ich mit ihr gemacht? Ich setzte Wasser über das Feuer und wollte sie waschen; aber sowie ich sie ins Wasser tauchte, flog sie auf und davon." Er fragte: „Aber wie kam das, daß sie auf- und davonfliegen konnte?" „Du mußt sie nicht völlig getötet haben," erwiderte sie. „Ist es wirklich so?" fragte er. „Ja freilich," erwiderte sie. Er sagte: „Nein, o du ...[1]! Heute will ich eine andere holen und sie vollständig töten." Da ging er hin, um eine andere Gans zu holen; er schlachtete sie und schnitt ihr den Kopf ab, so daß dieser ganz abgetrennt war; hierauf übergab er sie seiner Frau mit den Worten: „Hier, Frau! Ich habe sie geschlachtet und ihr den Kopf abgeschnitten, so daß er ganz abgetrennt ist; jetzt wird sie nicht wieder davonfliegen, wie die, welche gestern davongeflogen ist." Dann ging er seinem Geschäfte nach. Die Frau aber stellte Wasser aufs Feuer und wusch die Gans; dann kochte sie Reis mit Fleisch, tat dies als Füllsel in die Gans und briet sie am Feuer. Da kam der Mann, der die am vorhergehenden Tage zubereitete Gans geholt hatte, und fragte: „Was bereitet ihr euch für heute Abend zu?" Sie sagte: „Was wir machen? Wir haben ihn angeführt und ihm gesagt, die Gans, die wir uns gestern geholt hatten, sei davongeflogen; der Arme hat es geglaubt und uns heute eine andere Gans gebracht, er hat ihr aber den Kopf abgehauen, so daß der Kopf ganz abgetrennt ist, und hat zu mir gesagt: ‚Frau! ich habe ihr den Kopf abgehauen, damit sie nicht davonfliegt.'" Hierauf bat sie jener Mann: „Ich möchte gerne sehen, wie sie aussieht." Sie erwiderte: „Noch ist sie nicht gar." „Dauert es noch lange, bis sie gar ist?" fragte jener. „Sie braucht etwa noch eine Stunde," antwortete sie. Da wartete er; dann sagte er: „Sieh doch nun zu! Vielleicht ist sie gar." Sie nahm sie herunter und fand, daß sie gar war; er aber sagte: „Ich will sie mitnehmen." Sie aber erwiderte: „Wie kannst du sie mitnehmen wollen? Gestern hast du jene mitgenommen, und heute willst du diese mitnehmen!" Er aber sagte: „Wenn du sie mir gibst, komme ich jeden Tag zu dir; wenn du sie mir jedoch nicht gibst, so komme ich nie mehr zu dir." „Schön!" sagte sie, „aber was wollen wir meinem Manne sagen?" Er erwiderte: „Erfinde irgend eine Lüge für ihn!" Sie sagte: „Gestern habe ich ihn

---

[1] Von der Erzählerin war bloß herauszubringen, daß *mḥaškale* auch im Arabischen ein Schimpfwort sei; auch behauptete sie, es bezeichne ursprünglich ein wildes Tier von der Größe einer Katze. — Die Erklärung der ganzen Stelle ist unsicher; auch ist die Erzählung stark verkürzt, da jedenfalls das Folgende sich erst am folgenden Tage zuträgt.

20 angelogen und ihm gesagt, sie sei fortgeflogen; wie soll ich ihn heute anlügen?" Er erwiderte: "Sage ihm doch: ‚Du hast nichts gebracht.'" Sie sagte: "Ihm, der mir gesagt hat: ‚Ich habe sie gebracht und ihr den Kopf ganz abgeschnitten, damit sie nicht davonfliegt'?" "Tu, wie du willst!" sagte jener, "bringe mir jetzt zwei Brotfladen, damit ich die Gans zwischen dieselben lege; mache du mit deinem Manne, was du willst!" Da brachte sie ihm zwei Brotfladen; er legte die Gans zwischen dieselben, nahm sie und begab sich nach Hause.

25 Als der Mann von seiner Arbeit nach Hause kam, fragte er: "Wie stehts, Frau?" Sie erwiderte: "Was?" "Hast du die Gans zubereitet?" fragte er. "Welche Gans?" fragte sie. Er sagte: "Die Gans, welche ich gebracht habe." Sie erwiderte: "Jene, die du gestern gebracht hast, [1]die ist ja davongeflogen.[1]" Er sagte: "Frau, habe ich dir nicht heute eine gebracht und zu dir gesagt: ‚Sieh genau zu; ich habe sie geschlachtet und ihr den Kopf völlig abgeschnitten'?" Sie aber fragte: "Mann, wie stehts mit dir? Hast du geschlafen 30 während der Arbeit?" Er erwiderte: "Ja, ich habe eine Weile geschlafen." Da sagte sie: "Mann! das träumtest du, daß du heute eine gebracht hast; während du schliefst, träumtest du, daß du sie gebracht hast." "Ist das sicher wahr, Frau?" fragte er. "Ja," erwiderte sie. Da sagte er: "So hole uns also zwei Brote und ein Stück Käse; wir wollen zu Abend essen." Hierauf holte sie zwei Brote und ein Stück Käse; da speisten sie.

Nachdem er des anderen Morgens früh aufgestanden war, sagte er: "Frau! heute will ich zwei Gänse holen." "Hole sie nur!" sagte sie. Nun ging er hin, holte zwei Gänse, schlachtete sie und sagte: "Hier sind zwei Gänse; du sollst sie mir zum Abendessen zubereiten." Während sie die Gänse zubereitete, kam jener Mann wieder und fragte: "Was bereitet ihr für heute Abend zu?" Sie 5 sagte: "Was wir zubereiten?" Er fragte: "Bereitet ihr euch denn kein Abendessen?" "Ja freilich," sagte sie. Da fragte er wieder: "Was bereitet ihr euch für heute Abend?" Sie berichtete: "Er hat zwei Gänse gebracht." "Sind sie gar?" fragte jener. "Nein, sie sind noch nicht gar," erwiderte sie. Da wartete er; dann bat er sie: "Sieh doch nach ihnen!" "Was gehen sie dich an?" fragte sie. "Ich möchte sie mitnehmen," sagte er. Da sprach sie: "Gestern hast du eine mitgenommen, und vorgestern hast du eine mitge-10 nommen, und heute kommst du schon wieder, um sie mitzunehmen?" Er erwiderte: "Wenn du sie mir gibst, komme ich jeden Tag zu dir; wenn du sie mir aber nicht gibst, betrete ich dein Haus nicht mehr." Da sagte sie: "So nimm eine, und laß meinem Manne eine!" Er aber entgegnete: "Eine ist nicht genug; da stehen meine Kinder um mich herum und lassen für mich nichts mehr zum Essen übrig." Sie sagte: "Aber drei Tage hindurch geht es nun schon so, daß

---

1 [und die davongeflogen ist?].

er Gänse holt und Geld dafür ausgibt; dann kommst du und holst sie, und er kriegt nichts davon zu kosten!" „Mache, was du willst!" sagte jener. „Aber was wollen wir ihm sagen?" fragte sie. „Erfinde irgend eine Lüge für ihn!" erwiderte jener, trat an den Kochkessel heran und nahm die beiden Gänse heraus; dann ging er fort.

Als ihr Mann nach Hause kam, fragte er: „Hast du die Gänse zubereitet, Frau?" Sie antwortete: „Ja, lieber Mann!" „Sind sie schön geworden?" fragte er. „Ja," antwortete sie. „Gut," sagte er, „mache, daß wir essen können!" Sie aber sagte: „Lieber Mann! der Richter hat davon gehört, daß du Gänse heimgebracht hast; da hat er sagen lassen, du möchtest ihn einladen." „Gut," sagte jener, ich will hingehen und ihn dazu einladen." Da ging er den Richter einladen; er brachte ihn selbst mit nach Hause. Nun sagte die Frau zum Manne: „Hier ist eine Schüssel, geh etwas Milch holen; soll ich denn die Gänse ohne Milch auf den Tisch stellen?" Er erwiderte: „Ich will welche holen." Während aber der Mann wegging, um Milch zu holen, trat die Frau zu dem Richter, zu dem Platze, an welchem er saß, und sagte: „O Richter! ich möchte ein paar Worte mit dir reden; aber ich schäme mich vor dir." „Was willst du mir denn sagen?" fragte er. Sie sagte: „Mein Mann ist von einer Krankheit befallen; nun sind ihm die Hoden eines Richters verordnet worden; daher hat er dich nun geholt, um sich deiner Hoden zu bemächtigen und sich daraus eine Arznei zu bereiten; ich aber will dich nicht im Stiche lassen, denn wenn man einem die Hoden abschneidet, so stirbt er." Jener sagte: „Also deswegen hat mich dein Mann eingeladen?" „Ja freilich," antwortete sie; „auf, nimm Reißaus, bevor er zurückkommt!" Da machte sich der Richter auf und wollte eilig weglaufen; unter der Türe aber begegnete er dem Mann — der Richter hatte's eilig —, er stieß an die Schüssel mit Milch und verschüttete sie. Als der Mann zu seiner Frau ins Zimmer getreten war, fragte er sie: „Frau, was hat der Richter, daß er so eilig wegläuft?" Sie erwiderte: „Lieber Mann! ich habe unterdessen die Gänse auf Teller angerichtet; da hat er sie schön gefunden, sie gestohlen und ist eilig davongelaufen." Da machte sich der Mann auf und lief hinter dem Richter drein, indem er ihm zurief: „Bitte, bitte, Richter! Eine für mich und eine für dich." Der Richter aber antwortete: „Um keinen Preis[1] gebe ich dir eine, auch keine einzige." Der Mann hatte die Gänse im Sinn, von denen eine ihm, die andere dem Richter gehören sollte; der Richter aber meinte, er rede von den Hoden; deswegen antwortete er: „Um keinen Preis gebe ich dir eine, auch keine einzige." So lief der Richter eilig zu seiner Frau, während der Mann ihn verfolgte. Die Frau fragte den Richter: „Lieber Mann, weshalb fliehst du vor jenem Menschen? Er hat dich ja zum Abendessen eingeladen, und nun nimmst du Reißaus vor ihm?" Er

---

[1] Wörtl. auch wenn deine Augen platzen.

erwiderte: „Frau! du weißt nicht, warum er mich eingeladen hat."
„Warum denn?" fragte sie. „Er wünscht meine Hoden zu haben,"
antwortete er. „Was will er damit?" fragte sie. Er erwiderte:
„Er ist von einer Krankheit befallen; da sind ihm Richterhoden
verordnet worden." „Mann, wer hat dir dies gesagt?" fragte die
Frau. Er antwortete: „Seine Frau, die Arme, hat es mir gesagt."
„Schön," sagte sie zu ihrem Manne; „also hast du weder Ruhe gehabt noch etwas zu essen bekommen." Hierauf begab sich der
Mann, der die Gänse gekauft hatte, zu seiner Frau zurück. Die
fragte: „Hat er dir etwas gegeben, Mann?" „Nein, er hat mir nichts
gegeben," antwortete er. Sie sagte: „Weil sie so außerordentlich
gut geworden waren, hat er dir nichts gegeben." „Aber was sollen
wir nun tun, Frau?" fragte er. „Wir haben nun einmal kein Glück
damit; hole uns also zwei Brote und etwas Gansbrühe; dann wollen
wir zu Abend speisen." Da holte sie ihm zwei Brote, zerkrümelte
sie ihm auf einem Teller und goß ihm etwas Brühe darüber; da
setzten sie sich hin und aßen. Und nun ist's aus.

23.

Es war einmal jemand, in dessen Hause gab es kein Mehl
mehr; da sagte die Frau zum Manne: „Geh doch nach Jabrud[1] und
lasse mahlen." Er antwortete: „Auf, o Mutter des Hanna?[2]" — er
hatte nämlich einen Sohn, der hieß Hanna —, „siebe mir Weizen
und fülle den Sack." Da holte die Frau das Kornsieb und siebte
Weizen; dann füllte sie ihn in einen Sack und sprach zu ihrem
Manne: „Mache dich nun auf den Weg, um mahlen zu lassen!"
Da ging er in den Stall, holte den Esel und lud ihm den Weizen
auf; dann machte er sich auf den Weg nach Jabrud, um dort
mahlen zu lassen. Er gelangte zur Mühle und bat die Leute:
„Mahlt mir doch diesen Weizen!" Sie erwiderten: „Es ist unmöglich,
daß wir heute für dich mahlen." „Wann denn?" fragte er. „Übermorgen," erwiderten sie. „So will ich bis übermorgen warten,"
sagte er. Er verweilte nun zwei Tage dort; darnach mahlten sie
ihm den Weizen; er füllte das Mehl in den Sack, lud diesen seiner
Eselin auf den Rücken und machte sich auf den Weg. Als er zu
dem Kloster gelangte, war die Eselin müde und nicht imstande,
die Last auf ihrem Rücken von dort hierher hinunterzutragen. Da
sagte er: „Wart, ich will dort auf die Höhe des Absturzes treten,
dieses Mehl ausschütten und ihm befehlen: ‚O Mehl, verfüge dich
in den Behälter der Mutter des Hanna!'" Er ging auf die Höhe;

---

[1] Zu Jabrud vgl. Bädeker, Pal. und Syr.⁷ S. 325. [2] Wir haben im
Folgenden die schleppende Ausdrucksweise der Kunja, „die Mutter der Hanna",
„der Vater der Hanna", mit welcher im Original Frau und Mann meist bezeichnet
sind, in der Übersetzung absichtlich aufgegeben und bisweilig bloß „Mutter"
und „Vater" gesetzt.

als er an den Rand des Felsabsturzes, der oben am Dorfe liegt, S. 69 gelangte, löste er die Schnur des Sackes und schüttete das Mehl über den Felsabsturz hinab, indem er rief: „O Mehl, verfüge dich in den Behälter der Mutter des Hanna!" Dann lud er den geleerten Sack der Eselin auf und sprach zu dieser: „O Eselin! laufe du auf dem östlichen Wege hinab, ich will auf dem westlichen hinablaufen; wenn du mir zuvorkommst, so sollst du der Mutter befehlen, dir gebackene Eier zu bereiten, und du sollst sie essen, ohne mir davon mitzuteilen; wenn ich aber vor dir anlange, so werde ich der Mutter befehlen, mir gebackene Eier zu bereiten, und ich werde sie essen, ohne dir davon mitzuteilen." Hierauf ließ er die Eselin los, und sie ging auf dem östlichen Wege hinab; er selbst aber begab sich zum westlichen Wege und lief eilig hinab. Kaum zu Hause angelangt rief er seiner Frau zu: „Mutter!" „Was gibts?" fragte sie. „Ist die Eselin schon gekommen?" „O nein!" erwiderte sie. Er sagte: „So hole Feuer und mache mir gebackene Eier; ich will sie essen; denn ich bin vor der Eselin angelangt." „Wo ist denn das Mehl?" fragte sie. Er antwortete: „Das habe ich über den Felsabsturz ausgeschüttet und ihm befohlen, sich in den Behälter der Mutter Hannas zu verfügen." „Aber es ist nichts im Behälter," warf sie ein. Er erwiderte; „Es ist noch nicht angelangt; ich bin also dem Mehle sowohl als der Eselin zuvorgekommen; bereite mir nur die Eier!" Hierauf bereitete sie die Eier; er aß sie mit Brot und wurde mit seinem Frühstück fertig. Dann sagte er: „Hast du gesehen, Mutter, wie geschickt und schlau ich bin; ich bin der Eselin sowohl als dem Mehle zuvorgekommen und bin gekommen, die Eier aufzuessen." Hierauf wurde es Abend, die Eselin kam aber nicht; es wurde Morgen, und die Eselin kam nicht; da sagte sie: „Die Eselin wird doch nicht verloren gegangen sein, Vater!" Er erwiderte: „Die Eselin grollt darüber, daß ich schneller als sie gelaufen bin und die Eier gegessen habe; ich will gehen und sie zu besänftigen suchen." Er ging auf dem östlichen Weg, um sie zu besänftigen; als er bis zum Segensgärtchen[1] gelangte, traf er einen Raben; dem rief er zu: „O du mit der langen Lanze, hast du irgendwo unsere Eselin gesehen?" Die Eselin aber hatten Wölfe gefunden und sie zerrissen; der Rabe hatte die Eingeweide geholt und war damit emporgeflogen; so glaubte der Mann, der Rabe trage eine Lanze. Er ging weiter bis hinter das Segensgärtchen; da traf er zwei Wölfe, im Begriff, die Eselin zu fressen; da begann er (vor Freude) zu tanzen und zu singen: „Unsere Eselin hat ein männliches und ein weibliches Füllen geworfen!" Als er jedoch näher kam, nahmen die Wölfe Reißaus; und wie er nun hingelangte, fand er, daß die Wölfe sie zerrissen hatten. Hierauf kam er zu seiner Frau zurück; die fragte: „Wo ist die Eselin, Vater?" Er erwiderte: „Sie hat sich in ihrem Groll aus dem

---

1 [Garten der Berikṭa; vgl. o. S. 46].

Staube gemacht; da haben Wölfe sie zerrissen und aufgefressen." „Und das Mehl?" fragte jene. „Ist es denn noch nicht im Behälter angelangt?" fragte er. „Nein," erwiderte sie. Er sagte: „Ich habe ihm doch, als ich es ausschüttete, befohlen, sich in den Behälter zu verfügen." So hatte der Wind denn das Mehl weggetragen, das er über den Felsabsturz hin ausgeschüttet hatte; die Eselin hatten die Wölfe gefressen, und er war gesprungen, um die Eier zu essen. Und nun ist's aus.

24.

Es war einmal ein Kaufmann, der hatte drei Söhne und eine Tochter. Der Mann aber wurde alt; da sagte er: „O meine Söhne! ich empfehle euch eure Schwester; behandelt sie nicht ungebührlich, schlagt sie nicht, sondern habt einander lieb." Hierauf ging das Leben des Mannes zu Ende. Da blieben die jungen Männer bei ihrer Schwester wohnen; jeden Tag gingen sie fort an ihr Geschäft, das Mädchen bereitete ihnen Essen, nähte und wusch für sie und aß mit ihnen zusammen. Jeden Tag aber zur Abendzeit, nachdem das Mädchen seinen Brüdern das Abendessen bereitet und die Betten gerüstet hatte, zog es Männerkleidung an und begab sich ins Kaffeehaus; dort rang es mit den Männern und stellte sich als Mann: sie trat mit dem (betreffenden) Mann in die Mitte des Kaffeehauses und ging mit ihm den Vertrag ein: „Wenn du mich besiegst, so schlage mir den Kopf ab, wenn ich aber dich besiege, so schlage ich dir den Kopf ab." Sie trug den Sieg davon; dann schlug sie demjenigen, mit welchem sie gerungen hatte, den Kopf ab. Zehn Tage hinter einander trieb sie das Spiel; eines Abends aber sagte der eine ihrer Brüder[1]: „Ich möchte doch hingehen und sehen, wohin diese sich begibt." Da ging ihr Bruder ihr nach — er machte, daß sie ihn nicht zu sehen bekam —, er ging und fand sie, wie sie im Kaffeehause um die Wette rang. Da trat ihr Bruder auf, mit ihr zu ringen, sie jedoch besiegte ihn und hieb ihm den Kopf ab. Sie wußte aber nicht, daß es ihr Bruder gewesen war. Zu Hause angelangt fragte sie ihre Brüder: „Wo ist mein Bruder?" Sie antworteten: „Wir wissen nicht, wohin er gegangen ist." Als es Abend wurde, begab sie sich wiederum ins Kaffeehaus; da lief ihr zweiter Bruder ihr nach und trat auf, mit ihr zu ringen; auch ihn besiegte sie und hieb ihm den Kopf ab, ohne zu wissen, daß es ihr Bruder war und ohne daß sie[2] es ihr sagten. [3]Es wurde (wiederum) Abend[3]; ihre Brüder waren nicht mehr da außer einem einzigen. Sie begab sich wiederum ins Kaffeehaus; da lief ihr dieser ihr jüngster Bruder nach, nahm jedoch in der Entfernung Platz, nicht in der Nähe des Ringkampfes. Da trat einer auf, mit

---

1 Wohl ihr ältester Bruder.   2 Wahrscheinlich die Leute.   3 Unsicher. — [„Am Abend kam sie hin (in das Kaffeehaus);" im Folgenden „vorhanden" für „da".]

ihr zu ringen; sie aber besiegte ihn und hieb ihm den Kopf ab.
Da dachte der Bruder: „Also sie selbst hat meine Brüder umgebracht; nun wird sie auch mich noch töten wollen, aber ich will nicht mehr nach Hause zurückkehren." Der junge Mann begab sich an sein Geschäft; Abends ging er nicht nach Hause. Sie wartete und wartete; aber es kam niemand. Da zog sie Männerkleidung an und begab sich ins Kaffeehaus; einer trat auf, um mit ihr zu ringen, und besiegte sie. Da wollte er ihr den Kopf abschlagen; sie aber rief: „Halt ein! Ich bin ein Mädchen." Er erwiderte: „Ein Mädchen! Wozu treibst du denn solches (Spiel)?" „Wer mich besiegt, der ist mir (vom Schicksal) bestimmt." „Wieso für dich bestimmt?" fragte er. Sie erwiderte: „Ich will ihn heiraten." Jener fragte: „Wo ist dein Haus?" Sie antwortete: „Schicke mir Leute zur Begleitung mit; ich will ihnen das Haus zeigen." Da schickte er ihr Leute mit, und sie zeigte es ihnen. Am andern Morgen kam er zu ihr und fragte sie: „Du bist also die, die gestern im Kaffeehause war?" Sie sagte: „Ja." Da sagte er: „Ich will einen Priester für dich holen lassen." Sie sagte: „Ich bin Muslimin." Da erwiderte er: „Also will ich den muslimischen Prediger holen." „Ja," sagte sie. „Wie heißt du?" fragte er. „Ich heiße Fatime," erwiderte sie. Hierauf ließen sie den muslimischen Prediger holen; der segnete sie ein, und jener Mann nahm das Mädchen zur Frau. Er nahm sie nach Hause[1] und ließ öffentlich bekannt machen: „Niemand soll (heute) zu Hause speisen; der und der hat ein Bankett veranstaltet, kommt bei ihm schmausen." So ließ er den Leuten ein Abendessen auftragen; dann vollzog er die Ehe mit dem Mädchen.

Hierauf wurde sie schwanger und gebar einen Sohn. Als dieser groß geworden war, prügelte er jeden Knaben, den er antraf — er hieß Ali Saibak —; wenn er ein Mädchen antraf, so schlug er es blutrünstig. Da kamen (die Leute) zu seinen Eltern: „Ali Saibak hat meine Tochter geschlagen." Dann drohten ihm seine Angehörigen mit Strafe; aber es ging ihm nicht ans Herz: wenn er wieder jemand antraf, so prügelte er ihn. Da gingen die Leute zum Sultan sich über ihn beklagen; der schickte Berittene, um jenen zu greifen; aber sie waren dazu nicht imstande. Er trug nun Waffen und Säbel; so streifte er Tag und Nacht umher; wenn er irgendwo etwas fand, was ihm gefiel, so nahm er es; er wurde ein Teufelskerl. Die Leute gingen (wiederholt) zum Sultan, um über ihn Klage zu führen; der Sultan aber gab ihnen kein Gehör, sondern sagte: „Das ist ja ein [2]Teufelskerl!" So wurde ihm der Prozeß nicht gemacht.[2] Wenn er nachts umherstreifte und irgendwo ein Raubtier antraf, schlug er es tot; wenn er Straßenräuber antraf, schlug er sie tot. So erwarb er sich in der Stadt[3] einen Ruf,

---

1 Im Text: in ihr Haus; sollte sich das Pluralsuffix auf die Brüder beziehen?
2 [Teufelskerl; „gegen ihn läßt sich kein Prozeß erheben."] 3 Die Erzählerin denkt an Damaskus.

10 er, Ali Saibak. Einst maß er sich mit jemand; er verwundete ihn und machte, daß er Blut verlor; dann lief er rasch weg, jener Mann aber lief rasch hinter ihm drein. So gelangte er auf den Bazar der Ellenwaren, wo die Läden mit Kleiderstoffen sind; da lief er durch. Die Leute auf dem Bazar aber riefen: „Was gibt's, was gibt's?" Einer sagte: „Es geht vielleicht eine Razzia zur Soldatenaushebung vor; vielleicht will der Statthalter Soldaten pressen."
15 Da machten sich die Leute des Bazars auf[1], auch alle anderen liefen[1] rasch weg; so gelangten sie bis zur Bauwabet Allah[2]. Da trafen sie jemand, der fragte sie: „O Leute, weshalb lauft ihr so eilig?" Sie erwiderten: „Man will Soldaten pressen." Da sagte jener: „Habt keine Angst; es handelt sich weder um Soldaten, noch um sonst etwas." Sie fragten: „Wesbalb springen denn jene beiden Leute so?" Jener erwiderte: „Ali Saibak hat jemand eine Wunde beigebracht; nun hat man ihn verfolgt, um ihn zu greifen, aber
20 man hat nichts gegen ihn ausrichten können; daher springen sie. Da kehrten die Leute des Bazars, die Inhaber der Läden, um.

Ali Saibak aber begab sich zu seiner Mutter; die fragte ihn: „Wo bist du gewesen?" Da erzählte er ihr: „Ich maß mich mit jemand und brachte ihm eine Wunde bei; da verfolgte man mich, um mich zu greifen; man verfolgte mich bis zum Bazar der Ellenwaren; nun glaubten die Ladenbesitzer, es handle sich um Soldaten, und liefen ebenfalls hinterdrein." Jene erwiderte: „O Sohn, nimm
25 dich in acht! Willst du nicht klug werden? Willst du nicht brav werden? Sonst wird dir einmal jemand einen starken Schlag versetzen, womit er dir eine Wunde beibringt, und dann wirst du siech werden." Er aber sagte: „Wer wagt es, mir einen Schlag zu versetzen?" Sie erwiderte: „Ja freilich; es kommt noch einmal die Teufelsstunde." Er aber sagte: „Niemand kann mich besiegen."

Als es Abend wurde, zog er seine Waffen an und ging weg. in der Stadt umherzustreifen. Er streifte umher, bis kein einziges Licht mehr sichtbar war. Wie er nun um sich schaute, fand er
30 ein Oberstübchen, in welchem noch Licht war; da stieg er dort zu dem Oberstübchen hinauf und traf eine, die nähte. „Was nähst du?" fragte er sie. Sie antwortete: „Einen Rock." Da sagte er zu ihr: „Probiere ihn dir an; ich will sehen, (wie er dir steht)." Sie erwiderte: „Gut." Dann hob sie ihn so[3] in die Höhe; er aber sagte: „Zieh ihn doch an." Sie erwiderte: „Wenn ich ihn anziehe, was habe ich davon? Willst du mir ihn (später) holen?" Dann zog sie ihn an; er aber fragte: „Für wen ist er?" Sie antwortete: „Für die Tochter des Sultans." „Wann wird er fertig?" fragte er.
35 „Morgen," erwiderte sie. Am folgenden Morgen nähte sie den Rock zu Ende; dann wickelte sie ihn in ein Tuch und ging ihn der Prinzessin abliefern. Als es Abend wurde, legte Ali Saibak seine

---

1 [und liefen ebenfalls]. 2 Vgl. Bädeker, Syrien und Pal.⁷ S. 289.
3 Sie hält ihn musternd vor sich in die Höhe. O. Gl.

Waffen an und streifte lange umher, bis alle Leute schliefen; dann stieg er in das Oberstübchen der Prinzessin hinauf, sprengte die Truhe auf und holte den Rock heraus; hierauf begab er sich zu der Näherin, die ihn genäht hatte. Er sagte zu ihr: „Da nimm den Rock, den du mich geheißen hast, dir zu bringen; ich habe ihn dir gebracht. Wie heißt du doch?" „Ich heiße Aische," erwiderte sie. Als die Prinzessin des andern Morgens früh aufstand, fing sie an zu weinen und geriet in Wut. Man fragte sie: „Was hast du?" „Was ich habe?" rief sie. „Während die Herrschaft meines Vaters zu Recht besteht, kommen Diebe, brechen meine Truhe auf und stehlen mir mein Eigentum!" Da gingen die Leute hin und fanden die Truhe aufgebrochen; bei der Truhe aber lag ein Säbel, und als sie zusahen, waren auf demselben Schriftzüge mit dem Namen des Ali Saibak: als er die Truhe aufgebrochen hatte, hatte er seinen Säbel bei derselben liegen lassen. Da sagte der Sultan: „Da sind Leute zu mir gekommen, um über Ali Saibak Klage zu führen, ich aber sagte ihnen: ‚Das ist ein Teufelskerl, dem läßt sich kein Prozeß machen;' nun aber kommt er in das Stübchen meiner Tochter und raubt ihre Truhe aus; nun sollt ihr ihn abfassen." Dann schickte er Berittene aus, um ihn zu greifen; aber sie waren nicht imstande, ihn abzufassen. Drei volle Tage hindurch streiften die Berittenen umher, ohne ihn zu kriegen. Da fragte Aische die Näherin, welcher er den Rock gebracht hatte: „Was wollt ihr mir geben, wenn ich ihn euch fangen helfe?" Die Prinzessin erwiderte: „Wir wollen dir tausend Piaster geben, wenn du ihn uns fangen hilfst." „So bringt sie mir her!" bat sie. Da gaben sie ihr tausend Piaster. Hierauf kam Ali Saibak zu ihr. „Ich bin heute müde," sagte er. „Weshalb?" fragte sie. Er antwortete: „Der Sultan hat Berittene ausgeschickt, um mich zu greifen; aber sie haben mich nicht gekriegt." Da forderte sie ihn auf: „Lege dich doch eine Weile schlafen und ruhe aus." Als er nun im Begriffe war, sich schlafen zu legen, sprach sie zu ihm: „Lege doch deine Waffen ab zum Schlafen; ich will die Türe zuriegeln, so daß niemand dich hier findet." Da zog er seine Waffen aus und legte sich schlafen; sie aber trat herzu, nahm die Waffen weg und versteckte sie; dann begab sie sich zur Prinzessin und verkündigte ihr: „Ali Saibak schläft bei mir zu Hause; schicke hundert Berittene nach meinem Hause, damit sie ihn abfassen." Die Prinzessin ging zu ihrem Vater und verkündete ihm: „Ali Saibak schläft im Hause der Näherin Aische; sie ist gekommen, um mich aufzufordern, ich solle hundert Berittene hinschicken, um ihn abzufassen." Da schickte der Sultan hundert Berittene, die griffen ihn. Er sagte: „Du hast mich überlistet, Näherin Aische! Es tut aber nichts."

Hierauf führten sie Ali Saibak vor den Sultan; dieser aber sandte hin und ließ den Minister, den Richter und den Oberrichter holen. Zu dem Minister sprach er: „O Minister! Ali Saibak hat die Truhe meiner Tochter aufgebrochen und ihr Eigentum gestohlen.

Die Leute kamen (früher) gegen ihn Klage führen, ich aber wollte
ihm nicht den Prozeß machen; aber jetzt, was gebührt ihm?" Der
Minister erwiderte: „Es gebührt ihm die Strafe des Verbrennens;
laß ihn ins Feuer werfen und verbrennen." Dann fragte er den
Richter: „O Richter, (was meinst) du? Was gebührt sich, daß wir
dem Ali Saibak antun?" Er antwortete: „Es gebührt sich, daß du
ihm den Kopf abschlagen lässest; während du die Klagen über ihn
zurückwiesest, ist er gekommen und hat die Truhe deiner Tochter
erbrochen." Hierauf fragte er: „Und du, Großrichter, was gebührt sich in Wirklichkeit, daß wir dem Ali Saibak antun?" Er
antwortete: „Es gebührt sich, daß du ihn henken lässest." Jener
sprach: „Ich will ihn zunächst ins Gefängnis sperren und eine
Zeit lang darin körperliche Züchtigungen erdulden lassen; dann will
ich ihn herausholen und ihm den Kopf abschneiden lassen." Da
führten sie ihn ab und brachten ihn ins Gefängnis.

Dort blieb er einige Zeit. Einst sagte er zum Gefängniswärter: „Hier gebe ich dir ein Goldstück; geh zum Schmied und
hole mir ein Beil aus Eisen!" Der Gefängniswärter ging hin und
brachte ihm ein Beil aus Eisen; dann fragte er ihn: „Was willst
du mit dem Beil, o Ali Saibak?" Dieser erwiderte: „Wenn ich so
im Gefängnis sitze, will ich damit spielen zu meiner Unterhaltung."
Als es Nacht geworden war, begann er damit, in die Mauer des
Gefängnisses ein Loch zu machen; er machte eine Öffnung, da
ergab sich, daß hinter dem Gefängnis ein Backofen war. Am
anderen Morgen kam der betreffende Bäcker und fand, daß eine
Öffnung vom Gefängnis in den Ofen eröffnet war; in dem Loche
saß Ali Saibak. „Weshalb machst du solche Sachen?" fragte ihn
der Bäcker; „wenn nun jemand zum Sultan geht und es ihm be-
richtet, so schickt er nach mir und läßt mir den Kopf abschlagen."
„Habe keine Angst," erwiderte Ali Saibak; „heute Abend aber ver-
weile bis zuletzt, laß deine Gesellen weggehen und du bleibe hier;
ich möchte ein Wort mit dir reden. Jetzt aber hole etwas Brennholz und decke damit dieses Loch zu, damit deine Gesellen es nicht
sehen." Da holte jener Bäcker Brennstoff und schloß damit das
Loch zu; dann buk er.

Als es Abend wurde, schickte der Bäcker seine Gesellen
weg; er selbst blieb dort, bis die Leute, die im Gefängnis waren,
schliefen; da kam Ali Saibak durch jene Öffnung zum Bäcker.
Er fragte ihn: „Bäcker, hast du Mehl?" „Ja freilich," antwortete
er. „Hier sind zwei Goldstücke; mache einen Brotteig aus drei
Pfund Mehl; dann schenke ich dir hier noch ein Goldstück,
geh zum Schmied[1]; und hier gebe ich dir noch zwei Piaster,
hole mir dafür vier Pfund Kohlen." Da ging der Bäcker zum
Schmied und holte die eiserne Keule; dann holte er vier Pfund

---

[1] Jedenfalls ist hier ausgelassen, daß er sich beim Schmied eine eiserne
Keule holen läßt.

Kohlen und kam wieder. Jener bat ihn: „Mache mir nun aus diesem Mehl einen Teig!" Dann zog sich Ali Saibak nackt aus und befahl ihm: „Streiche mir den Teig auf den Rücken und auf meine Arme." Er legte ihm den Teig an; den ganzen Rücken bestrich er ihm mit dem Teig. Dann befahl jener: „Klebe nun die Kohlen daran fest." Jener klebte ihm die Kohlen auf den Teig. Dann befahl er: „Zünde ein Bündel Hanfreiser an und setze die Kohlen, die auf meinem Rücken sind, in Flamme." Da ging der Bäcker ein Bündel Hanfreiser holen und setzte sie in Brand; dann zündete er die Kohlen an, die jener auf dem Rücken trug. Jener sagte: „Gib mir den Schlüssel zum Backofen und geh nach Hause." Mit diesen Worten nahm er die eiserne Keule in die Hand und begab sich zur Wohnung des Richters; die Haustüre sprengte er auf und trat zum Richter ins Zimmer. Der Richter öffnete seine Augen und sah, daß jemand zu ihm ins Zimmer getreten war mit einem ganz feurigen Rücken; der warf sich auf ihn, um ihn zu schlagen. Da rief er: „Halt ein, wer bist du?" „Ich bin Asrael[1]!" erwiderte jener; „willst du Ali Saibak noch länger im Gefängnis lassen?" Da fragte der Richter: „Pardon! Wie ist denn Ali Saibak mit dir verwandt?" „Ali Saibak ist mein Vetter," erwiderte jener und begann, ihn mit der eisernen Keule zu schlagen, (indem er rief): „Weißt du immer noch nichts Besseres als zu sagen, daß Ali Saibak verdiene, verbrannt zu werden?" Jener erwiderte: „Pardon! morgen früh will ich seine Freilassung erwirken." Da prügelte er ihn beinahe zu Tode; dann ging er weg. Er öffnete die Türe zur Bäckerwerkstätte, befreite sich von dem Teige, zog seine Kleider an und ging sich in seine Zelle setzen. Es wurde Morgen; nachdem nun die Frau und die Söhne des Richters lange gewartet hatten, ob er sich von seinem Lager erheben werde oder nicht, ging endlich die Frau die Türe öffnen und trat zu ihm ins Zimmer. „Was fehlt dir, Richter?" fragte sie ihn. Er aber rief: „Ach mein Rücken! meine Arme! mein Kopf! meine Beine!" Sie fragte: „Weshalb? Bist du heruntergestürzt?" „Nein, nein!" antwortete er. „Aber weshalb tun sie dir denn weh?" fragte sie. Da erzählte er ihr: „Ali Saibak ist der Neffe des Asrael; nun ist Asrael zu mir gekommen, mit feurigem Rücken und mit einer eisernen Keule, und hat mich durchgeprügelt." Der Richter konnte an jenem Tage nicht zur Sitzung gehen; da sagte seine Frau: „Wenn ich es den Leuten erzähle, so sagen sie: ‚Kommt denn Asrael in die Häuser, ohne daß ihn jemand sieht?'" Er fragte: „Aber wie sollen wirs denn anfangen?" Sie erwiderte: „Lade den Sultan doch für die nächste Nacht ein, daß er bei uns den Abend esse; dann wollen wir das Abendessen spät auftragen lassen und machen, daß er bei uns übernachten muß." Sie luden also den Sultan ein, bei ihnen zu speisen; er ließ jedoch sagen: „Ich bin heute Abend nicht frei."

---

1 Der Todesengel.

Als es Abend wurde und jener Bäcker mit Backen fertig war, schickte er seine Gesellen fort und blieb in seiner Werkstätte, bis die Leute, die im Gefängnis waren, schliefen. Da kam Ali Saibak wieder und sagte zu ihm: „Hier sind zwei Goldstücke; bereite mir dasselbe, wie du es mir gestern bereitet hast." Der Bäcker holte hierauf Mehl, machte daraus einen Teig und bereitete alles, wie er es in der vorhergehenden Nacht gemacht hatte. Jener bat ihn dann: „Gib den Schlüssel zur Bäckerei her und geh nach Hause." Hierauf begab sich Ali Saibak zum Minister; er öffnete die Türe und ging mit der eisernen Keule auf ihn los. Da öffnete der Minister seine Augen und sah, daß ein feuriger Mann da war und ihn schlug. „Wer bist du?" fragte er. Jener erwiderte: „Ich bin Asrael; weißt du immer noch nichts Besseres als zu sagen, Ali Saibak verdiene geköpft zu werden?" Er sagte: „Du bist also Asrael; und in welchem Verhältnis steht denn Ali Saibak zu dir?" Jener antwortete: „Er ist mein Neffe," und hieb auf ihn ein, indem er rief: „Du sollst Ali Saibak aus dem Gefängnis freilassen." Er prügelte den Minister beinahe zu Tode; dann begab er sich zur Bäckerei, tat den Teig von sich, zog seine Kleider an und schlüpfte in seine Zelle, um sich schlafen zu legen. Am folgenden Tage war der Minister an Armen und Beinen zerschlagen und am Kopfe verwundet. Seine Frau trat zu ihm ins Zimmer, um ihn zu wecken, und fragte ihn: „Weshalb hast du so in den Tag hineingeschlafen?" Er erwiderte: „Asrael ist zu mir gekommen, ganz mit Feuer bedeckt, mit einer eisernen Keule in der Hand; er hat sich auf mich gestürzt, um mich zu prügeln; die Beine hat er mir entzwei geschlagen und am Kopfe eine Wunde beigebracht." „Weshalb dies?" fragte sie. „Ali Saibak ist sein Neffe," antwortete er. „Was hast du denn diesem getan?" fragte sie. Er erwiderte: „Als er der Prinzessin die Sachen aus ihrer Truhe stahl, fragte der Sultan: ‚Was wollen wir dem Ali Saibak antun?' Ich erwiderte: ‚Laß ihn köpfen;' denn ich wußte nicht, daß Asrael sein Vetter ist." Sie erwiderte: „Wer wird den Mut haben, dem Sultan zu sagen, er solle Ali Saibak aus dem Gefängnis freilassen? Vielleicht geht Asrael noch zum Sultan selbst."

Als es Abend wurde und der Bäcker mit Backen fertig war, schickte er seine Gesellen weg; da kam Ali Saibak wieder zum Vorschein und sagte: „O Bäcker! hier sind zwei Goldstücke; bereite mir dasselbe, wie in einer jeden der früheren Nächte." Dies tat der Bäcker; da begab sich Ali Saibak zum Großrichter, sprengte die Türe und trat zu ihm ins Zimmer. Er ging auf ihn los, um ihn mit der eisernen Keule zu schlagen, und prügelte ihn heftig durch. Jener rief: „Gnade! Wer bist du?" „Ich bin Asrael," erwiderte jener; „weißt du noch immer nichts Besseres als zu sagen, Ali Saibak verdiene gehenkt zu werden?" Da fragte er: „Wie ist Ali Saibak denn mit dir verwandt?" Jener erwiderte: „Ali Saibak ist mein Vetter; wenn du nicht morgen früh dafür sorgst, daß er aus dem Gefängnis freigelassen wird, schlage ich dir nächste Nacht den Kopf ab." Als die Kinder jenes Großrichters am folgenden Morgen früh aufgestanden waren, warteten sie darauf, daß ihr Vater aufstehen würde; aber er stand nicht auf; es wurde Mittag, da war er noch nicht aufgestanden. Nun öffneten sie die Türe; der älteste Sohn trat zu ihm ins Zimmer und fragte ihn: „Was fehlt dir, Vater, daß du nicht aufstehst?" Er antwortete: „Ich bin zu schwach, um gehen zu können." „Weshalb?" fragte jener. Er antwortete: „Asrael ist gekommen und hat mir die Beine zerschlagen." „Warum dies, o Vater?" fragte jener. Er erwiderte: „Deswegen, weil ich gesagt habe, Ali Saibak verdiene gehenkt zu werden; Asrael aber ist der Vetter von Ali Saibak." Dann fuhr er fort: „O Sohn, rufe den Richter und rufe den Minister zu mir." Da begab sich der Sohn zum Richter und richtete ihm aus: „Komm zu meinem Vater!" „Was will er?" fragte jener. „Er möchte ein Wort mit dir reden," erwiderte er. Dann ging er zum Minister und richtete ihm aus: „Mein Vater läßt dich bitten, du mögest zu ihm kommen." „Ich bin krank," erwiderte jener; „was will er?" „Er möchte ein Wort mit dir reden," erwiderte er. Nun gingen der Minister und der Richter hin; sie fragten: „Was fehlt dir, Oberrichter, daß du zu Bett liegst?" „Er hat wunde Beine," sagte seine Frau. „Wovon hast du wunde Beine, Oberrichter?" fragten jene. Er erwiderte: „Ich möchte es euch erzählen, aber ich schäme mich." „Was gabs denn?" fragte einer. Er antwortete: „Asrael, der Vetter des Ali Saibak, ist bei Nachtzeit zu mir gekommen und hat mich beinahe zu Tode geprügelt." Da rief der Minister: „Ei, ei! vorgestern war er bei mir: sieh, wie er mir am Kopf Wunden beigebracht und die Arme zerschlagen hat!" Dann sagte der Richter: „Vorvorgestern war er bei mir; ich habe aber nicht den Mut gehabt, es euch zu sagen." „Aber wie wollen wir's nun anfangen?" sagte der Oberrichter; „wir dürfen doch dem Sultan nicht den Rat geben, er solle ihn freilassen!" Dann fuhr er fort: „Und mir hat er gesagt: ‚Wenn du morgen früh nicht dafür sorgst, daß Ali Saibak freigelassen wird, so komme ich und schlage dir den Kopf ab.'" Da sagte der Minister zu ihm: „Lade uns auf heute Abend ein, mich, den Richter und den Sultan, und lasse den Sultan an deinem gewohnten Platze schlafen." Als es Abend wurde, schickte der Großrichter seinen Sohn und ließ den Sultan, den Minister und den Richter einladen. Man bereitete im Hause ein Abendessen; dem Koch aber befahl der Großrichter: „Richte das Abendessen nicht zu früh an, sondern verzögere es, damit der Sultan bei uns übernachten muß." Der Sultan aber sagte: „Großrichter! befiehl deinem Koch, er solle uns das Abendessen anrichten; es wird spät, wir möchten gern nach Hause gehn." Jener erwiderte: „Nein, nein! heute Nacht sollt ihr bei mir schlafen, du, der Minister und der Richter." So speisten sie; dann legten sie sich bei ihm schlafen.

Ali Saibak aber begab sich zu dem Bäcker und bat ihn:

„Rüste mir alles so zu, wie du es gestern getan hast!" Dieser tat es. Da öffnete jener die Türe und trat zum Sultan ins Zimmer. Erst schlug er den Sultan eine Weile; dann begab er sich zum Minister, dann zum Oberrichter, dann zum Richter, um sie zu schlagen; sie alle aber riefen ihn um Gnade an: „Gnade! genug!" Dann machte er sich wieder an den Sultan, ihn zu schlagen. Der Sultan aber sagte: „Wer kannst du eigentlich sein?" Er erwiderte: „Ich bin Asrael; willst du Ali Saibak noch ferner im Gefängnis belassen?" Da fragte der Sultan: „Wer sagt dir denn, daß Ali Saibak im Gefängnis sitzt?" Jener sagte: „Es ist mein Vetter." Da sagte er: „Gnade! morgen früh will ich ihn freilassen." Jener erwiderte: „Wenn ihr aber morgen früh Ali Saibak nicht freilaßt, so hole ich eure Seelen." Sie jedoch sagten: „Bitte, geh doch jetzt nur weg; wir wollen ihn ja freilassen." Als er fort war, seufzten der Richter, der Minister und der Oberrichter auf; der Sultan aber sagte: „Ich bin so krank, daß ich nicht aufrecht stehn kann." Jene sprachen: „Zu dir ist er heute Nacht gekommen, so daß du nun kaum mehr aufrecht stehen kannst; zu uns ist er vor drei Tagen gekommen, und hat uns geschlagen und geschunden; wir wagten jedoch nicht, es dir zu sagen. Der Richter kann nicht aufrecht stehen wegen seines Rückens; dem Minister hat er die Arme, dem Oberrichter die Beine zerschlagen; wir haben aber nicht gewagt, es dir zu sagen, o Sultan!"

Am anderen Morgen früh schickte der Sultan hin und ließ den Gefängniswärter holen. Dieser kam und fragte: „Was wünschest du, Herr?" Jener befahl: „Begib dich ins Gefängnis; den, der Ali Saibak heißt, laß frei." Da begab sich der Gefängniswärter zu denen, welche Gefangene waren, und fragte: „Welcher von euch heißt Ali Saibak?" „Ich," sagte einer. Er sprach: „Der Sultan läßt dir sagen, du könntest das Gefängnis verlassen." Jener aber erwiderte: „Geh, sage ihm: ‚Ich verlasse es nicht, wenn nicht der Sultan mit dem Richter, dem Minister und dem Oberrichter hierher kommt.'" Der Gefängniswärter begab sich nun zum Sultan und richtete ihm aus: „Ali Saibak sagt, er wolle das Gefängnis nicht verlassen, wenn du nicht mit dem Minister, dem Richter und dem Oberrichter selbst dorthin kommst, um ihn freizulassen." Da machte sich der Sultan mit dem Richter, dem Minister und dem Oberrichter auf, sie begaben sich zum Gefängnis; unter der Türe desselben riefen sie: „Ali Saibak, komm heraus!" Er aber antwortete: „Beim Leben meines Vetters Asrael sei's geschworen: Ich gehe nicht weg, wenn ihr nicht alle Gefangenen freilasset." Da sagten jene: „Dir und deinem Vetter Asrael zu Gefallen sollen alle, die im Gefängnis sitzen, freigelassen werden." Da verließ er mit allen Gefangenen das Gefängnis. Hierauf ließ der Sultan ein Ehrengewand aus Tuch holen und trat an Ali Saibak heran, um ihn damit zu bekleiden. Der aber sprach: „Ein Ehrengewand aus Tuch mag ich nicht." „Was wünschest du denn?" fragte jener. Er antwortete: „Ich verlange, daß du mir die Näherin Aische holen und ihr in meiner Gegenwart den Kopf abschlagen lassest, damit ich eine Handvoll Blut von ihrem Blute nehmen und es trinken kann." Da schickte der Sultan zur Näherin Aische einen Berittenen; dieser begab sich dorthin und sagte: „Aische, du sollst vor den Sultan treten." Sie ging hin; dort fragte sie: „Was wünschest du, Gebieter?" Er erwiderte: „Ali Saibak verlangt, ich solle dich köpfen lassen." „Weshalb?" fragte sie den Ali Saibak. Er antwortete: „Du hast mich verraten; wärest du nicht gewesen — als du der Prinzessin den Rock nähtest und mir sagtest, dieser Rock sei für die Prinzessin bestimmt, da sagte ich zu dir: ‚Ziehe ihn doch an; ich möchte gern sehen, ob er dir paßt.' Da antwortetest du mir: ‚Wenn er mir paßt, willst du ihn mir dann holen?' Da ging ich ihn aus der Truhe der Prinzessin holen: der Sultan aber wurde zornig über mich und schickte Soldaten aus, mich zu verfolgen; aber sie konnten mich nicht fangen. Da kam ich zu dir und erzählte dir: ‚Der Sultan hat Soldaten ausgeschickt, mich zu verfolgen; aber sie konnten mich nicht fangen.' Du fordertest mich auf: ‚Lege dich eine Weile schlafen!' Als ich mich nun schlafen gelegt hatte, nahmst du mir die Waffen weg und verstecktest sie und begabst dich zum Sultan; bei ihm holtest du hundert Berittene, die faßten mich ab. So wahr aber Asrael mein Vetter lebt, wenn der Sultan dich nicht köpfen läßt, so mache ich, daß heute Nacht Asrael seine Seele holt." Hierauf sagte der Sultan: „So wahr als du lebst, o Ali Saibak, es soll geschehen, wie du es befiehlst." Dann ließ er den Scharfrichter kommen und befahl ihm: „Schlage der Schneiderin Aische den Kopf ab!" Dieser köpfte sie; Ali Saibak aber hob eine Handvoll Blut auf und trank es.

Hierauf sprach der Sultan: „Was wünschest du nun noch, Ali Saibak?" Er erwiderte: „Ich wünsche, du mögest mir deine Tochter zur Frau geben." „Die soll dir werden!" sagte jener. Nun ließ der Sultan ausrufen: „Niemand soll ein Feuer anzünden noch zu Hause speisen, sondern beim Sultan; denn der Sultan will seine Tochter dem Ali Saibak zur Frau geben." Acht Tage hindurch speiste niemand zu Hause, sondern alle speisten von des Sultans Tisch. Ali Saibak heiratete die Tochter des Sultans; dann ließ er seine Mutter und seinen Vater kommen, und sie wohnten von nun an beim Sultan. Dieser aber sprach: „O Ali Saibak! ich möchte dich statt meiner auf den Thron setzen." Er antwortete: „O nein, Lieber! Ich mag nicht mehr werden als du und an deiner Stelle auf dem Throne sitzen." Jener aber sagte: „Ich bin alterschwach und kann's nicht mehr tun; du bist ein geschickter Mann, für dich paßt die Sultanswürde." Jener erwiderte: „Freilich bin ich schlau; jedoch um der Wohlfahrt deiner Söhne willen, gib ihnen die Herrschaft." Nun sind wir zu Ende.

25.

Es war einmal eine Frau, die pflegte in der Mühle zu mahlen; da kamen (einst) böse Geister zu ihr und fragten sie: „Was tust du (hier)?" „Ich mahle," antwortete sie. Sie sagten: „Wir wollen hier bei dir die Nacht verplaudern." Sie erwiderte: „Tut dies!" Sie setzten sich hin, um zu plaudern; dann fragten sie sie: „Hast du eine Wasserpfeife?" „Nein," erwiderte sie. Sie sagten: „Wir hätten gern eine Wasserpfeife." Sie erwiderte: „Ich rauche nicht und habe daher auch keinen Tabak; ihr raucht, also geht und holt euch welchen!" Da sagte einer: „Ich will in das Haus des Schulzen gehen und (das Nötige) holen." Damit begab er sich in das Haus des Schulzen und holte eine Wasserpfeife. Zu einem anderen sprach er: „Geh du uns Tabak holen!" „Woher?" fragte dieser. „Vom Kaufmann," erwiderte jener. Da ging dieser Tabak holen. Dann sagten sie zu ihr: „Nun brauchen wir noch Feuer." Sie erwiderte: „Soll ich euch Feuer holen? Der da kann gehen und welches holen." Da ging ein anderer Feuer holen; er holte welches und kehrte zurück. Da fragten sie ihn: „Wo hast du Feuer geholt?" Er antwortete: „Bei einer Frau habe ich es geholt und habe dabei ihrem Manne eine glühende Kohle auf die Hosen fallen lassen, so daß sie anbrannten. Da begann sie, mit ihm zu streiten; er holte mit seinem Stocke aus und schlug sie damit, so daß er ihr die Hand beschädigte. Von euch hat der eine eine Wasserpfeife geholt und der andere Tabak, ohne daß ihr etwas angestiftet habt; ich aber habe, indem ich Feuer holte, Streit unter den Bewohnern des (betreffenden) Hauses angestiftet."

Hierauf fragten sie sie: „Wie heißt du?" „Ich heiße Hischme," erwiderte sie. Da geboten sie ihr: „Sprich jedes Wort, was du auch immer willst; jedoch ¹jenes Wort¹ sprich nicht aus!" Sie sagte: „O nein!" Dann fragten sie sie: „Kommst du nächste Nacht wieder hierher zur Mühle?" Sie antwortete: „Ja, ich werde kommen." Hierauf sprachen sie: „Auf, laßt uns jetzt gehen; bringt die Wasserpfeife ihren Eigentümern zurück!" Sie gelangten vor die Haustüre des Schulzen; da zerbrachen sie die Wasserpfeife in zwei Stücke und stellten sie dann an ihren Ort. Als die Leute des Schulzen den andern Morgen früh aufstanden, fanden sie, daß die Wasserpfeife zerbrochen war. „Wer hat die Wasserpfeife zerbrochen?" sagten sie. „Gestern Abend, als wir plauderten und uns dann schlafen legten, war sie nicht zerbrochen." Da sagte der Schulze zu seiner Frau: „Du bist während der Nacht hinausgegangen und hast sie zerbrochen." Die Frau aber, das Weib des Schulzen schwur fortwährend, sie sei nicht hinausgegangen und habe sie nicht zerbrochen. Da stieg dem Manne der Zorn auf; er holte mit der Flinte aus und versetzte seiner Frau einen Schlag; da zer-

---

1 d. h. „im Namen des Kreuzes". O. Gl.

brach die Flinte in zwei Stücke. Hierauf begann der Vater des
Schulzen ihn zu schlagen, und sie wurden handgemein. So prügelten
sie sich den ganzen folgenden Tag hindurch, die bösen Geister aber
hatten mit einander ihre Lust daran.

 Als es Abend wurde, begaben sie sich zur Mühle und riefen:
„Bist du hier, Hischme?" Sie antwortete: „Ja." Sie traten ein
und befahlen ihr: „Sprich aber jene Worte nicht aus!" Sie erwiderte: „O nein!" Da fragte sie einer: „Hast du bemerkt, was
für Unheil es heute gegeben hat?" Sie fragte: „Wer hat sich
gestritten?" Sie erzählten ihr: „Die Wasserpfeife. die den Leuten
des Schulzen gehörte, haben wir in zwei Stücke zerbrochen und (dadurch) bewirkt, daß sie heute den ganzen Tag mit einander stritten."
Dann sagten sie: „Wir wollen uns zusammen ein Abendessen bereiten, wir mit dir." Sie fragte: „Was wollen wir bereiten?" „Wir
wollen kochen," antworteten sie. Sie sagte: „Ich habe keinen Kochtopf." Jene sagten: „Wir wollen einen holen." Sie sagte: „Ich
habe keinen Burghul." Jene sagten: „Wir wollen dir welchen
holen." Sie sagte: „Ich habe keine Butter." Jene sagten: „Wir
wollen dir welche holen." Einer sagte: „Die Leute in dem und
dem Hause haben Burghul eingetan[1], [2]ohne die Segensformel aus-
zusprechen[2]; ich will hingehen und bei ihnen welchen holen." Ein
anderer sagte: „Die Frau des Schulzen hat Butter herausgetan,
ohne die Segensformel zu sprechen; ich will hingehen und bei ihr
welche holen." Ein anderer sagte: „Ich will einen Kochtopf und
eine Röstpfanne holen." So gingen sie; einer holte Burghul, ein
anderer Butter, ein dritter eine Röstpfanne und einen Kochtopf;
dann forderten sie die Frau auf: „Geh jetzt zu kochen; alle Worte
aber darfst du aussprechen, nur die Segensworte darfst du nicht
aussprechen." Da machte sich ans Kochen; dann setzte sie das
Gericht vom Feuer ab und wollte es anrichten. Sie hob den
Löffel empor, um es anzurichten; dabei sprach sie: „Im hehren
Namen des Kreuzes!" Da machten sich jene eilig auf. und während
sie herausliefen, ließen sie Winde; dazu riefen sie: „Dies komme
in deinen Bart[3], o Hischme!" Sie jedoch rief: „Dies komme in
den Bart derer, die sich ein Gericht zubereitet und nun nichts
davon gekriegt haben!" Am anderen Morgen früh gab sie den
Kochtopf und die Röstpfanne ihren Eigentümern zurück und gab
ihnen den Rat: „Wenn ihr eure Geräte an ihren Platz tut, so
sprecht: ‚Im Namen des Kreuzes;' böse Geister haben euch in der
vorigen Nacht euren Kochtopf und eure Röstpfanne weggenommen."
Dann ging sie zu denjenigen, bei welchen jener den Burghul geholt
hatte, und gab ihnen den Rat: „Wenn ihr Burghul herausnehmt,

---

 1 Nach der Parallelstelle am Schlusse der Erzählung eher „(aus dem Behälter) herausgenommen". 2 wörtl.: „ohne den Namen zu nennen"; der
böse Geist darf die Formel auch nicht aussprechen. 3 Gleich dem be-
liebten „Dreck in deinen Bart!" soviel als „da bist du geprellt".

so sprecht: ‚Im Namen des Kreuzes.'" Dann ging sie zur Wohnung des Schulzen und gab den Leuten den Rat: „Wenn ihr Butter herausnehmt, so sprecht: ‚Im Namen des Kreuzes;' böse Geister haben euch gestern die Wasserpfeife zerbrochen, und der Streit, den ihr gestern hattet, kam von ihnen; heute Nacht aber haben sie euch Butter weggenommen." So kam es, daß wenn jemand ein Geschäft verrichten will, er sagt: „Im hehren Namen des Kreuzes." Diese Geschichte hat sich in dieser Ortschaft zugetragen. Und nun ist's aus.

26.

Es war einmal ein Mann, der hatte drei Söhne und eine Tochter. Er warb (um Bräute) für die Söhne und verheiratete sie; so blieb noch die Tochter übrig. Es kamen Freier für die Tochter; sie aber wollte nicht heiraten. Da fragte sie ihr Vater: „Meine Tochter, warum willst du denn nicht heiraten?" Sie erwiderte: „Ich möchte [1]ins Kloster gehen[1]." Er sagte zu ihr: „Mädchen gehen nicht ins Kloster." „Warum sollten Mädchen nicht ins Kloster gehen?" fragte sie. Er antwortete: „Wenn eine ins Kloster geht, so muß sie fünfhundert Piaster bezahlen[2]; du solltest mir gehorchen, liebe Tochter, und heiraten; das wäre besser für dich." Sie sagte: „Nein, Vater!" „Doch," erwiderte er; „morgen Abend werden Männer kommen, um um dich anzuhalten; dann will ich dich verloben." Es wurde Abend; man bereitete das Abendessen, und sie speisten. Dann gingen ihre Brüder weg, um den Abend (irgendwo) zu verplaudern; wer von ihren Angehörigen zu Hause blieb, legte sich schlafen. Das Mädchen aber wartete, bis sie fest schliefen; dann begann sie damit, ihre Kleider auszuziehen, und zog die eines ihrer Brüder an; hierauf bereitete sie sich ihr Lager und schlief, bis das Tageslicht anbrach. Nun stand sie auf; ihre Angehörigen ließ sie schlafen, nahm zwei Brote mit und ging auf der Straße weg. So gelangte sie in ein Dorf; da erkundigte sie sich bei jemand: „Lieber Freund[3], ist das Erlöserkloster noch weit von hier entfernt?" Er erwiderte: „Drei Tagereisen." Sie ging weiter auf dem Wege; gegen Sonnenuntergang gelangte sie zu einem anderen Dorfe. Sie war hungrig, daher trat sie in ein Haus; da traf sie eine Frau (alles dies) das Mädchen, das sich in einen jungen Mann verkleidet hatte —; sie bat die Frau: „Liebe Frau[4]! schenke mir doch zwei Brote!" „Wohin gehst du, mein Sohn?" fragte jene. „Ich gehe in die und die Dörfer," erwiderte er[5]. Sie gab ihm zwei Brote, und er zog weiter seines Weges. Als es Abend wurde, ging er in ein Dorf; dort traf er einen Mann und fragte ihn:

---

1 Für „Mönch werden" und „Nonne werden" hat der Syrer bloß ein Wort; daher der freiere Ausdruck in der Übersetzung. 2 Er sagt nur so, um sie davon abzuhalten. O Gl. 3 wörtlich: o mein Onkel. 4 wörtlich: o meine Tante. 5 Von hier an ist das Maskulin gebraucht.

„Lieber Freund, ist das Erlöserkloster noch weit von hier entfernt?"
Jener antwortete: „Morgen Mittag wirst du es erreichen." Am
anderen Morgen früh brach er auf und zog seines Weges; da traf
er zwei Leute an. Er fragte sie: „Wohin geht ihr, Freunde?"
Sie antworteten: „Wir haben Briefe in das Erlöserkloster zu tragen."
Da bat er: „So nehmt mich doch mit!" Sie sagten: „Geh nur!
Du wirst uns keine Zeit verlieren machen." So ging er mit ihnen
und gelangte ins Kloster. Die Leute gingen dem Abte ihre Briefe
abgeben; da fragte er sie: „Woher kommt dieser junge Mann?"
Sie antworteten: „Wir haben ihn unterwegs angetroffen." Da fragte
er ihn: „Was wünschest du, junger Mann?" Er erwiderte: „Ich
will Mönch werden." Da sagte jener: „Du bist noch zu jung; du
kannst noch nicht Mönch werden; du wirst Sehnsucht nach deinen
Angehörigen bekommen; jemand, der Mönch wird, darf weder seine
Mutter, noch seinen Vater, noch seine Brüder sehen; wirst du
(hier) bleiben können, ohne deine Brüder und deine Mutter und
deinen Vater und ohne jemand von deinen Angehörigen zu sehen?"
Jener erwiderte: „Ja, ich will (hier) bleiben." „Kannst du denn
lesen?" fragte er. „Ich kann lesen," erwiderte jener. „So setze
dich hin und lies mir vor!" befahl er. Da reichten sie ihm Bücher,
und er las ihnen daraus vor. Hierauf gewann ihn der Abt lieb,
und er wurde sein Liebling.

Die Mönche aber waren ihm feind. Wenn die Mönche nun
auszogen, um für das Kloster die Kollekte zu machen, wurde es
dem Abte schwer, jenen mitziehen zu lassen. Die Mönche aber
verabredeten unter einander: „Morgen ziehen wir nicht aus zur Kollekte, ohne daß jener junge Mönch mitgeht." Als der Abt des
andern Tages früh aufstand, sagte er: „Brecht auf, meine Lieben!
Geht kollektieren!" Sie erwiderten: „Wir gehen nicht." „Weshalb?"
fragte er sie. Sie sagten: „Wenn du nicht den jüngsten Mönch
mit uns ausschickst, so gehen wir nicht." Jener erwiderte: „Meine
Lieben! sonst seit ihr doch ohne den jüngsten Mönch weggegangen;
weshalb wollt ihr denn heute nicht ohne ihn gehen?" Sie sagten:
„Wir haben es uns in den Kopf gesetzt, daß er mit uns gehen
muß." Jener fragte: „Heute wollt ihr nicht ohne ihn gehen?"
„Nein, wir gehen nicht," erwiderten sie. „Und unter allen Umständen
wollt ihr nicht ohne ihn gehen?" „Nein," erwiderten sie. Da befahl er: „Mein Lieber! mache dich auf und geh mit deinen Brüdern kollektieren!" Jener antwortete: „Zu Diensten; wie du es
wünschest." So brach er auf, und sie gingen weg, er und sie.

Sie gelangten in ein Dorf, das nicht sehr weit vom Kloster
entfernt lag; dort übernachteten sie in der folgenden Nacht beim
Schulzen. Der Schulze aber hatte ein Mädchen, seine Tochter; die
richtete ihr Auge auf jenen jungen Mönch und verliebte sich in
ihn; während der Nacht begab sie sich zu ihm. Er aber sagte:
„O Mädchen! steh davon ab, mir Böses zuzumuten, und geh weg
aus meiner Nähe!" Da ging sie weg; auch jene brachen des

andern Morgens früh auf und gingen weg. Hierauf beging jenes Mädchen einen schweren Fehltritt. Die Mönche aber gingen in der ganzen Gegend kollektieren, dann kehrten sie ins Kloster zurück.
15 Sie traten vor den Abt; da fragte er den jüngsten Mönch: „Hast du dir unsern Distrikt angesehen (und Freude daran gehabt)?" „Ja," erwiderte jener. Nach neun Monaten aber lief bei dem Abt ein Brief ein; er las ihn, und es war in dem Briefe geschrieben: „Deine Mönche haben, als sie an dem und dem Dorfe vorbeikamen, beim Schulzen die Nacht zugebracht; der Schulze aber besaß eine silberne Schale, die haben sie gestohlen." Da fragte er die Mönche; diese antworteten: „Was sollten wir mit der Schale, daß wir stehlen
20 sollten?" Da schrieb er dem Schulzen und berichtete ihm: „Meine Mönche haben weder die Schale noch irgend etwas von deinem Eigentum gestohlen."[1]

Die Tochter des Schulzen aber, nachdem sie den Fehltritt begangen hatte, wurde schwanger. Da sagte ihr Vater zu ihr: „Holla, Tochter! Wie hast du so handeln können?" Sie erwiderte: „Der junge Mönch, der bei uns übernachtet hat, hat mir dies an-
25 getan." Sie hatte sich aber mit einem andern vergangen, schuldigte jedoch den Mönch an. Da schickte der Schulz dem Abte einen Boten. „Was will er?" fragte (der Abt). (Der Bote) erwiderte: „Der Schulze des und des Dorfes läßt dich bitten, du möchtest persönlich mit ihm sprechen." Er sagte: „Er soll hierher kommen, um persönlich mit mir zu sprechen." Da kam der Schulze zu ihm. „Was wünschest du, Schulze?" fragte jener. Er erwiderte: „Als deine Mönche umherzogen, um zu kollektieren, da begleitete sie ein junger Mönch; nun habe ich eine Tochter, die hat er verführt, so
30 daß sie schwanger wurde und einen Knaben geboren hat." Da fingen die Mönche an, darüber zu lachen, und sagten zum Abte: „Das ist nun dein Mönch, den du so verzärteltest und in bezug auf den es dir schwer wurde, daß er das Kloster verließ und mit uns auf die Kollekte ging; nun ist er ja diesmal mitgegangen, hat solches Unheil angerichtet und ist zurückgekehrt." Da fragte der Abt den Schulzen: „Schulze, was verlangst du, daß jetzt geschehen soll?" Jener erwiderte: „Ich verlange, daß jener das Mönchsgewand ausziehe, mitgehe und gezwungen werde, sie zu heiraten; sie hat
35 einen Knaben von ihm; wer soll gezwungen sein, sie zu nehmen, wenn nicht er?" Jener Mönch aber schwieg; er sagte weder: „Es ist wahr," noch: „Es ist gelogen." Da sagte der Abt: „Mönch! du mußt in der Tat gehen und sie heiraten." Jener erwiderte: „Nein." „Wie willst du's denn machen?" fragte er. Jener sagte: „Laß mir das Kind bringen, ich will es aufziehen; dem Vater aber gib Geld,

---

[1] Jedenfalls ist die Erzählung hier stark verkürzt; der wirkliche Verlauf der Diebstahlsgeschichte, bei der wohl auch auf den jungen Mönch ein Verdacht geworfen war, ist unterdrückt. Dagegen weist schon das obige „nach neun Monaten" auf das hin, was nun folgt.

soviel er nur verlangt." Da gab er dem Vater Geld und sagte zu ihm: „Geh und schicke das Kind; er will es aufziehen." Da ging er weg und schickte ihm das Kind ins Kloster. Die Mönche aber begannen, unter einander zu sprechen: „Werden in einem Kloster Kinder zur Welt gebracht?" Nun lag außerhalb des Klosters eine Höhle; da verstießen sie jenen Mönch mit dem Kinde in jene Höhle und ließen sie darin wohnen. Dem Mönche aber reichten sie täglich einen Brotfladen; an einigen Tagen brachten sie es ihm, an andern unterließen sie es. Der Mönch jedoch war ja ein Mädchen; da geschah es, daß aus ihren Brüsten Milch für das kleine Kind floß.

Ein Jahr und vier Monate wohnten sie in jener Höhle. Es gab aber ein Fest, wenn dieses Fest stattfand, kamen die Leute des ganzen Distriktes zur Wallfahrt und zum Gottesdienst dorthin. Da begab sich jener Mönch ins Kloster zum Abte und bat ihn: „Gewähre es mir: morgen findet das Fest statt, ich will kommen und mich unter die Türe der Klosterkirche legen; dann sollen die Leute, die am Gottesdienst teilnehmen wollen, im Vorbeigehen mir auf den Hals treten; vielleicht wird Gott (mir) dann die Sünde verzeihen, die ich begangen habe." Jener sagte: „Nun ja, mein Sohn! Komm, wie du es wünschest! Wenn du es aushalten und ertragen kannst, daß die Leute dich mit Füßen treten, so komm nur!" Am folgenden Tage früh kam der Mönch und legte sich unter die Kirchtüre. Da kamen die Leute aus dem ganzen Distrikte zum Gottesdienste, und es kamen auch die Leute aus dem Dorfe, in welchem man ihn fälschlich beschuldigt hatte; sie kamen und wollten über ihn hinwegschreiten und weiter gehen; aber er ließ es nicht anders zu, als daß sie ihm auf den Hals traten. So traten alle Leute ihm auf den Hals und gingen zum Gottesdienst. Als sie beinahe fertig waren mit dem Gottesdienst, trat jener vor den Abt und sprach zu ihm: „Ich bitte dich, laß mich an der Türe des Chors Platz nehmen und zwei Worte predigen." Nun nahm er das Kind auf den Arm und ging in den Chor; an der Türe des Chors blieb er stehen, um zu predigen. Da begannen die Leute zu einander zu sagen: „Da geht er hin und will predigen; warum predigt der Mönch nicht [1]sich selber[1]? Er hat einen Sohn und will den Leuten predigen." Ich glaube, das Kind war so alt wie Arna[2]; es konnte weder sprechen noch gehen. Als jener nun seine Predigt beendigt hatte, sprach er: „O du Kind da! ich beschwöre dich im Namen des Herrn Jesus, daß du gehest und aussagest, wer von den hier Versammelten deine Mutter und wer dein Vater ist." Da sprang der Knabe vom Arme des Mönches herab, begab sich unter die Gemeinde, die in der Kirche war, und wies (mit der Hand) auf seine Mutter und wies auf seinen wirklichen Vater, indem er sprach: „Dies ist meine Mutter und dies ist mein Vater."

---

1 So nach O. Gl.; wörtlich: unter einander.   2 Der kleine 16—17 Monate alte schreiende Säugling der Erzählerin. O. Gl.

Text
S. 82 ₃₃—S. 83 ₂₅.

Der Mönch aber sagte: "Wenn ihr es nicht glauben wollt, o ihr, die ihr hier in der Kirche seid: ich bin kein Mann; ich bin ein Mädchen und da sind meine Brüste!" Sie zeigte ihnen ihre
35 Brüste — noch immer stand sie an der Türe des Chors. Da begannen die Leute zu weinen und sich ihr zu Füßen zu werfen,
S.83 indem sie sie küßten und Reue empfanden, weil sie, als sie in die Kirche hineingegangen waren, ihr auf den Hals getreten waren. Das Kind übergaben sie seiner Mutter und seinem Vater. Das Mädchen jedoch starb, und ihre Seele stieg zum Himmel empor. Da begrub man sie und trug ihren Namen ein als den der heiligen Schirbin. Und wohl ihr, daß sie solches alles ertrug!

27.

Den Weizen läßt man in der Mühle mahlen; dann nimmt man ihn nach Hause, siebt ihn und knetet ihn auf dem Teigbrett und schickt ihn in den Backofen; dort backt man es, und die Frau holt ihn nach Hause; dann ißt man es.

Wir säen den Weizen aus; dann machen wir Wassergräben
10 und bewässern ihn. Wenn der Weizen hart und trocken wird, schneiden wir ihn, laden ihn auf Esel und bringen ihn auf die Tenne; dort lassen wir ihn von dem Vieh zertreten mittelst eines Dreschschlittens; dann worfeln wir ihn mit den Worfelgabeln, messen ihn [nach halben *mudd*] und tun ihn in Säcke; dann laden wir ihn auf Esel und bringen ihn nach Hause und in die Kornbehälter.

Wenn die Trauben reif geworden sind, schneiden wir sie ab
15 und bringen sie nach Hause. Dort treten wir sie in Gefäßen und nehmen (den Most) nach Hause; dort tun wir ihn in Krüge und verpfropfen dieselben mit Lehm; nach vier Tagen öffnen wir sie und trinken, was darin ist; wenn wir uns berauscht haben, legen wir uns hin; nach zwei Stunden werden wir wieder nüchtern; nur haben wir vom Weintrinken einen schweren Kopf.

Ich knete (den Brotteig) auf dem Brett; dann nehme ich den gesäuerten Teig und lege ihn auf das Brett; den schiebe ich in den Backofen; dann wird das Brot gar; ich ziehe es auf dem Brett
20 heraus und werfe es auf einen Stein; damit hat der Bäcker sein Geschäft beendet. Das Brot gibt er einem Jungen; der legt es auf ein Tragbrett und nimmt dieses auf den Kopf; er bringt es zu den Abnehmern [und kehrt zum Backofen zurück;] er ruft: "Brot! um zehn Para das Stück; ich verkaufe vier um einen Piaster." So verkauft es der Junge.

Er kam nach Hause; er kam an seine Türe, ergriff den Ring
25 und klopfte. (Innen) rief man: "Wer ist da?" Er antwortete: "Mach auf!" So ging er in das Haus hinein. Er befahl dem Diener: "Bringe eine Wasserpfeife." Er rauchte die Wasserpfeife; der Rauch kam ihm zum Mund und zur Nase heraus; er rieb seine Augen.

Der Barbier goß ihm Wasser auf den Kopf; dann rieb er die Seife. Er wischte seine Hände an dem Tuche aus; dann seifte er ihm den Kopf ein. Er schnitt ihm die Nägel ab. Er schor ihm den Kopf mit dem Rasiermesser. Er legte sich seinen Kopf auf die Knie. Der Barbier verwundete ihn an der Wange; es floß Blut heraus; er wusch das Blut mit Wasser ab und legte ein Pflaster auf die Wunde.

28.

Kaufleute unternahmen eine Reise; sie beluden eine Anzahl von Kamelen und machten sich auf den Weg. Die Kamele knüpften sie an einander und zogen des Weges, einer hinter dem andern. Sie schlugen die Richtung nach Bagdad ein, indem sie durch die Wüste zogen. Sie nahmen Wasser mit, indem sie einen Schlauch mit Wasser füllten; auch kauften sie Futter für die Kamele; in der Wüste gibt es keine Quellen. Aber es kamen die Beduinen, beritten[1] zu Pferd; sie nahmen die Kamele weg und plünderten sie aus. Sobald [2]die Beduinen die Kaufleute[2] von weitem erblickten, setzten sie sich in Bereitschaft und beschossen sie mit Gewehren. Jene[3] wollten fliehen und ihnen entgehen. Aber die Beduinen ließen die Kaufleute nicht aus den Augen, sondern griffen sie an und begannen, die Lasten und Kamele als Beute wegzunehmen und die Kaufleute zu ermorden. Die Kaufleute aber wünschten, sie um Pardon zu bitten, und wollten sich ihnen ergeben. Die Beduinen jedoch hatten kein Mitleid mit den Kaufleuten; in ihrem Innern wohnte kein Mitleid. Die Beduinen zogen den Kaufleuten die Kleider aus und ließen sie nackt stehen; sie ließen ihnen nur das Hemde. Als hierauf die Soldaten des Sultans anrückten, [4]zogen die Beduinen weg[4]; sie gelangten zu ihren Zelten und verteilten dort die Waren. Die Kaufleute aber gingen in der Sonnenhitze ihres Weges, durstig und hungrig, ohne Wasser und ohne Nahrung, halb tot aus Mangel an Nahrung und Wasser. Hierauf gelangte die Nachricht, was den Kaufleuten begegnet war, nach Damaskus; sie gelangte ins Regierungsgebäude. Da befahl der Pascha dem Obergeneral, Soldaten in die Wüste zu schicken gegen die Beduinen. Als aber die Soldaten in die Wüste zogen, vermochten sie gegen die Beduinen (zunächst) nichts auszurichten; nachdem sie sie lange gesucht hatten, fanden sie sie endlich; sie ließen sich zur Nachtzeit auf einen Kampf mit ihnen ein und nahmen ihnen die Beute wieder ab. Dann kehrten sie nach Damaskus zurück; auch die Beute brachten sie zurück und übergaben diese den Kaufleuten. Die Kaufleute waren im Chan; sie freuten sich; dann begaben sie sich zum Pascha und bedankten sich bei ihm.

---

1 [bewaffnet (?)].   2 [die Kaufleute die Beduinen].   3 [sie.]
4 [gerieten die Beduinen in Furcht].

II. Sammlung Stumme.

29.

Am Dienstag brachen wir von Damaskus in der Nacht nach Maʿarra auf. Wir sahen Räuber, die uns töten wollten, fünf davon; wir fürchteten uns nicht vor ihnen, wir hatten eine Doppelflinte mit. Wir kamen in der Nacht nach Maʿarra, während die Leute in ihren Häusern schliefen. Wir stiegen im Garten des Heiligen Elias ab. Wir kauften Gerste für die Pferde, da sie hungrig waren, tränkten sie aus der Quelle und schliefen. Bei Tagesanbruch standen wir auf, stiegen zu Pferde und ritten nach Maʿlūla. Wir fanden den Weg schlecht; die Pferde stürzten immer. Oberhalb der Felsen gibt es viel Wild; wer Mandelkrähen jagen will, findet viele.

30.

Ein Vogel fand ein Weizenkorn und legte es bei den Leuten nieder. Da kam ein Junge und warf es weg. Da kam der Vogel und wollte sein Weizenkorn. Sie sagten: „Ein Junge hat es weggeworfen." Er sagte: „Mein Weizenkorn ist die Mutter der Weizenkörner, mein Weizenkorn gilt eine Handvoll Mehl." Sie gaben ihm eine Handvoll Mehl, und er legte es bei den Nachbarn nieder. Da kam ein Junge und schüttete es weg. Da kam der Vogel und wollte die Handvoll Mehl. Sie sagten: „Ein Junge hat es weggeschüttet." Er sagte: „Mein Weizenkorn ist die Großmutter der Weizenkörner, mein Weizenkorn gilt eine Handvoll Mehl, die Handvoll Mehl gilt einen Brotfladen." Sie gaben ihm einen Brotfladen, und er legte ihn bei den Leuten nieder. Da kam ein Hund und fraß ihn. Da kam der Vogel und wollte seinen Brotfladen. Sie sagten: „Ein Hund hat ihn gefressen." Er sagte: „Mein Weizenkorn ist die Mutter der Weizenkörner, mein Weizenkorn gilt eine Handvoll Mehl, die Handvoll Mehl gilt einen Brotfladen, der Brotfladen gilt ein Ei." Sie gaben ihm ein Ei, und er ging zu den Nachbarn und sagte zu ihnen: „Hebt dieses Ei bei euch auf, bis ich da- und dahin gegangen bin und wiederkomme, um es zu holen". Da kam eine Katze und wollte Mäuse jagen, warf das Ei hin und zerbrach es. Da kam der Vogel und wollte sein Ei. Sie sagten: „Eine Katze ist gekommen und hat es zerbrochen." Er sagte: „Mein Weizenkorn ist die Großmutter der Weizenkörner, mein Weizenkorn geht nicht verloren (?), mein Weizenkorn gilt eine Handvoll Mehl, die Handvoll Mehl gilt einen Brotfladen, der Brotfladen gilt ein Ei, das Ei gilt eine Henne." Sie gaben ihm eine Henne,

und er nahm sie und ging fort. Er ging zu den Nachbarn und
sagte zu ihnen: „Hebt uns diese Henne bei euch auf, bis ich da- und
dahin gelangt bin und wiederkomme, um es zu holen." Er ging
fort, da kam ein Marder und fraß die Henne. Da kam der Vogel
und wollte die Henne. Sie sagten: „Ein Marder hat sie gefressen."
Er sagte: „Mein Weizenkorn ist die Großmutter der Weizenkörner,
mein Weizenkorn gilt eine Handvoll Mehl, die Handvoll Mehl gilt
einen Brotfladen, der Brotfladen gilt ein Ei, das Ei gilt eine Henne,
die Henne gilt eine Ziege." Sie gaben ihm eine Ziege, und er nahm
sie und ging zu den Leuten und sagte zu ihnen: „Hebt uns diese
Ziege bei euch auf, bis ich die und die Arbeit ausgeführt habe und
wiederkomme, um sie zu holen." Sie schickten sie mit den Ziegen
auf die Weide, da kam ein Wolf und fraß sie. Da kam der Vogel
und wollte seine Ziege. Sie sagten: „Ein Wolf hat sie gefressen."
Er sagte: „Mein Weizenkorn ist die Großmutter der Weizenkörner,
mein Weizenkorn gilt eine Handvoll Mehl, die Handvoll Mehl gilt
einen Brotfladen, der Brotfladen gilt ein Ei, das Ei gilt eine Henne,
die Henne gilt eine Ziege, die Ziege gilt eine Kuh." Sie gaben ihm
eine Kuh, und er nahm sie und ging zu den Nachbarn und sagte zu
ihnen: „Hebt uns diese Kuh bei euch auf, bis ich da- und dahin
gelangt bin, um die und die Arbeit auszuführen, und wiederkomme,
um sie zu holen." Sie nahmen sie und pflügten mit ihr. Da kam
ein Bauer und schlug sie, und sie starb. Da kam der Vogel
und wollte die Kuh. Sie sagten: „Sie ist gestorben." Er sagte:
„Mein Weizenkorn ist die Mutter der Weizenkörner, mein Weizenkorn gilt eine Handvoll Mehl, die Handvoll Mehl gilt einen Brotfladen, der Brotfladen gilt ein Ei, das Ei gilt eine Henne, die
Henne gilt eine Ziege, die Ziege gilt eine Kuh, die Kuh gilt eine
Büffelkuh." Sie gaben ihm eine Büffelkuh, und er nahm sie zu
den Nachbarn und sagte zu ihnen: „Laßt diese Büffelkuh bei euch,
bis ich komme, um sie zu holen." Sie schlachteten sie. Da kam
der Vogel und wollte seine Büffelkuh. Sie sagten: „Wir haben sie
geschlachtet." Er sagte: „Mein Weizenkorn ist die Großmutter
der Weizenkörner, mein Weizenkorn gilt eine Handvoll Mehl, die
Handvoll Mehl gilt einen Brotfladen, der Brotfladen gilt ein Ei, das
Ei gilt eine Henne, die Henne gilt eine Ziege, die Ziege gilt eine
Kuh, die Kuh gilt eine Büffelkuh, die Büffelkuh gilt eine Braut."
Sie gaben ihm eine Braut, und er nahm sie und tat in eine Lampe
ein wenig Öl und zündete die Lampe an. Da fing die Lampe an
auszugehen; da sagte er:

[1]„Geh aus, meine Lampe, geh aus,
ein Weizenkorn hat eine Braut eingebracht."[1]

---

1 Ursprünglich ein arabischer Vers, in aramäische Prosa übersetzt.

31.

Es war ein Mann, der heiratete, und ein Junge und ein Mädchen wurden geboren. Da starb seine Frau, und er heiratete eine andere. Da fing der Junge an, aufs Land und zum Lesen (in die Schule) zu gehn. Eines Tages ging sein Vater aufs Land. Da machte seine Stiefmutter (eig. Tante) Wasser heiß, wetzte das Messer und sagte zu der Schwester des Jungen: „Ich will deinen Bruder schlachten; rufe ihn! Aber hüte dich, es irgend jemand zu sagen, sonst schlachte ich dich wie ihn. Geh, rufe ihn aus der Schule." Sie ging zu ihrem Bruder und sagte zu ihm: „Komm und komm nicht, komm und komm nicht, komm und komm nicht; komm nach Hause, wir wollen dir den Kopf waschen (?)." Der Junge kam und fand das Wasser heiß. Da sagte seine Stiefmutter: „Setze dich in den Kessel, damit ich dir den Kopf wasche (?)." Er setzte sich hinein, und sie holte die Messer und schlachtete ihn. Der Junge starb, und sie nahm den Kessel und kochte von ihm Essen. Am Abend kam sein Vater, und sie setzte ihm das Essen, das Fleisch des Jungen, vor. Er sagte: „Wo ist der Junge?" Sie sagte: „Ich weiß nicht, wohin er gegangen ist." Er setzte sich zum Abendessen, da fand er (im Essen) den Penis (des Jungen). Da sagte er zu ihr: „Ist das ein Penis oder ein Stück Fleisch?" Sie sagte: „Ein Stück Fleisch." Als er mit dem Abendessen fertig war, sammelte seine Schwester die Knochen, legte sie hin und sprengte Safran über sie. Da flogen die Knochen des Jungen auf und wurden ein Vogel. Jeden Tag flog er hin über den Kopf seines Vaters, setzte sich hin und sagte: „Kikiki, meine Stiefmutter ist eine Schlächterin, kikiki, mein Vater ist ein Esser, kikiki, meine Schwester ist barmherzig, sie hat meine Knochen gesammelt und über sie Safran gesprengt." Da sagte der Vater zu ihr: „Höre, wir wollen sehen, Mädchen, wir wollen sehen, was dieser Vogel ruft." Da sagte er: „Sage es mir, sonst töte ich dich." Da sagte sie zu ihm: „Meine Stiefmutter hat ihn geschlachtet." Da erschoß er seine Frau und warf sie dann ins Meer.

32[1].

In einem Ort gab es Mäuse; wenn man aß, kamen die Mäuse und fraßen die Hälfte des Essens. Da kam ein Fremder, und sie setzten ihm Essen vor; da kamen die Mäuse und fingen an, mit ihm zu essen. Da sagte er zu ihnen: „Wie kommt das?" Sie sagten zu ihm: „Jedesmal, wenn wir essen, kommen sie so." Er sagte: „Was gebt ihr mir, wenn ich euch etwas bringe und sie vernichte?" Sie sagten: „Wir sammeln dir 2000 Piaster." Sie

---

[1] vgl. o. Nr. 10 S. 34—38.

sammelten ihm aus dem ganzen Ort 2000 Piaster. Er nahm
sie und brachte eine Katze und ließ sie da. Sie fing an zu
fressen, bis sie satt war; dann erwürgte sie (die Mäuse) und ließ
sie liegen. Sie vernichtete alle Mäuse. Da fing sie an, auf die
Bäume zu klettern und Vögel zu fressen. Da fingen die Bewohner
des Ortes an zu sagen: „Weh uns, sie hat die Mäuse und Vögel
gefressen, nun wird sie die Menschen fressen. Wohlan, wir wollen
Zelte auf den Tennen errichten!" Sie errichteten Zelte und wohnten
dort und sagten: „Sie geht nicht fort, wenn wir nicht den Ort
niederreißen." Sie fingen an, den Ort niederzureißen, rissen ihn
nieder und gingen nach ihren Häusern und sahen sich nach ihr
um. Sie war gerade satt, kam herunter und wusch sich. Da
sagten sie: „Sie sagt: jetzt werde ich die Großen von euch vor
den Kleinen fressen." Da verbrannten sie alle Bäume. Da fing
sie an, auf den Felsen zu klettern. Da kam einer in den Ort und
fand ihn zerstört. Er sagte zu ihnen: „Wie kommt das?" Sie
sagten: „Einer ist gekommen und hat uns eine Katze gebracht,
damit sie die Mäuse fressen sollte; sie hat die Mäuse und Vögel
gefressen und will jetzt die Menschen fressen." Da sagte er: „Was
gebt ihr mir, wenn ich sie von hier fortnehme?" Sie sagten:
„2000 Piaster." Sie gaben ihm 2000 Piaster, und er kaufte eine
uqīia Fleisch vom Fleischer, rief sie und ging fort; er tat sie in
die Satteltasche und ging fort.

33[1].

Es war ein Mann, der heiratete eine (Frau) und kaufte ihr
einen Pantoffel von Gold. Sie brachte ein Mädchen zur Welt und
starb. Sie sagte zu ihrem Gatten: „Ich bitte dich bei deinem
Hals, Mann, heirate keine, wenn nicht dieser Pantoffel an ihren
Fuß paßt." Er nahm den Pantoffel und suchte im ganzen Ort,
fand aber keine Frau, deren Fuß die Größe des Pantoffels hatte.
Er kam zu seiner Tochter und probierte ihn an ihren Fuß und,
er stand (ihr) gut. Da sagte er zu ihr: „Willst du mich heiraten?"
Sie sagte: „Gehe zum Kadi." Er sagte (zum Kadi): „Gehört der
Baum, der in deinem Hofe steht, dir oder deinem Nachbar?" Er
sagte: „Dir." Der Mann ging zu seiner Tochter (und sagte): „Der
Kadi sagt: dir." Da sagte sie zu ihm: „Ich will ein Bettgestell
von Brettern, in dem ein Kämmerchen ist (?)." Er holte einen
Zimmermann, der Zimmermann kam, und sie sagte zu ihm: „Ich
will einen Verschlag so groß wie ich, der sich verschließen läßt
und den man nicht sieht." Er sagte: „Gut." Er machte das Bettgestell und machte in ihm den Verschlag und das Kämmerchen (?).
Da sagte sie zum Vater: „Hole ein Glas vom Markt." Der Vater

---

1 vgl. o. Nr. 14 S. 47—49.

ging; da stand sie auf, tat Vorräte für einen Monat in den Verschlag und machte ihn zu; sie war nicht mehr zu sehen. Der Vater kam und sah nach ihr, fand sie aber nicht. Er suchte in dem Kämmerchen, aber das Mädchen war nicht da. Er suchte noch einen Monat lang nach ihr, fand sie aber nicht. Da wollte er das Bettgestell verkaufen; und der Sohn des Sultans kaufte es. Er ging in sein Haus und fing an, in ihm (dem Kämmerchen) zu wohnen; jeden Tag brachten sie ihm das Essen hinauf. Er aß und ließ (etwas) übrig. Das Mädchen aber in dem Verschlag war hungrig; so ließ sie ihn einschlafen, kam dann herab, aß und stieg hinauf in den Verschlag. Und er fand immer das Essen verzehrt. Da sagte er: „Katzen gibt es nicht, und Jungen gibt es nicht, und Mäuse gibt es nicht, und Hunde gibt es nicht." Eines Tages aß er und legte sich schlafen und stellte sich schlafend. Da kam das Mädchen aus dem Verschlage herab, aß und wurde fertig; dann wollte sie fortgehen. Er hielt sie fest und sagte zu ihr: „Du bist hier, und ich sage: ‚Wer ißt außer mir?' So ist es also ein Mensch." Sie sagte: „Erbarmen!" Er sagte: „Fürchte dich nicht."

Und er hatte eine Braut, die Tochter des Wesirs. Es kamen die Tage der Wallfahrt, da sagte er zu seiner Mutter: „Ich bitte dich bei deinem Hals, laß jeden Tag einen Diener Essen hinaufbringen wie jeden Tag (bisher); die Männer Gottes sind da und essen: damit sie für mich beten, daß ich wohlbehalten zurückkehre." Er ging fort, da kamen seine Braut und ihre Mutter, um sich das Kämmerchen des Sultans anzusehen, und brachten es hinaus. Der Verschlag war mit Glas versehen (?) über dem Kopf des Mädchens. In der Sonne wurde sie heiß, und der Kopfschmuck des Mädchens brannte (sie), und es öffnete den Verschlag und kam heraus. Die Frau des Wesirs und ihre Tochter sahen sie, schlugen sie und warfen sie in die Gärten. Der Herr des Gartens kam und hörte Stöhnen; er ging hin und fand das Mädchen. Sie sagte zu ihm: „Erbarmen!" Er sagte: „Fürchte dich nicht; ich bin dein Bruder durch Gottes Bund." Er lud sie auf seinen Rücken, trug sie fort und ging nach Hause. Er sagte zu seiner Mutter: „Hole für dieses Mädchen einen Arzt." Der Arzt kam und behandelte sie. Der Mann aß von nun an mit seiner Mutter (und ihr), und sie, das Mädchen, sagte zu ihr „meine Mutter", und zu dem Mann „mein Bruder".

Es gingen die Tage, es kamen die Tage, es kam der Sohn des Sultans. Er kam zum Schloß und ging in das Bettgestell (?), fand aber nichts. Da sagte er zu seiner Mutter: „Wer ist hierher gekommen?" Sie sagte: „Niemand ist gekommen, außer deiner Braut und ihrer Mutter." Er sagte: „Bloß?" Der Jüngling wurde krank, und die ganze Stadt war in Aufregung. Jedweder kochte gute Speisen und brachte sie dem Sohn des Sultans. Wenn eine Speise kam, setzten sie sie ihm vor, und er steckte seinen

Finger so (Geste!) in die Schüssel und sagte: „Nehmt es weg!", und aß nichts. Da sagte das Mädchen, es sagte zu seiner Mutter: „Komm, ich will dir etwas *kisk* kochen, und du gehe hin; vielleicht wird er gesund." Sie kochte etwas *kisk* und tat ihn in eine Schüssel, und tat drei vier Rosenkränze (hinein)(?), und sie (die Mutter) ging fort. Da sagten sie (die Leute): „Seht diese, wie verrückt! Sie geht zum Sohn des Sultans!" Da kam ein Verständiger und sagte: „Laßt sie, vielleicht wird durch die Hilfe Gottes und durch die Hilfe dieser Frau der Sohn des Sultans gesund." Sie ging hinein und gab es ihm. Er setzte sich auf und steckte seine Hand so in die Schüssel; da kam der Ring heraus. Er steckte seine Hand in die Tasche und holte fünf Goldstücke heraus und gab sie ihr. Sie ging nach Hause, und er schickte ihr einen Diener nach, der nachsah, wo ihr Haus war. Der Diener kam zurück, und er sagte zu ihm: „Weißt du es?" Er sagte: „Ja." Am nächsten Tag ließ er ihren Sohn holen und sagte zu ihm: „Wenn du jeden Tag kamst und bewässertest, hast du da in dem Garten nichts gesehen?" Er sagte: „Einmal kam ich und hörte einen Laut, ein Stöhnen; ich ging zu ihr, und sie sagte zu mir: ‚Erbarmen!‘ Ich sagte zu ihr: ‚Fürchte dich nicht.‘ Und ich verbrüderte mich mit ihr. Ich trug sie nach Hause und holte einen Arzt und behandelte sie." Da holte er fünf Goldstücke heraus und gab sie ihm, und ließ ausrufen: „Wer den Sohn des Sultans liebt, soll gehen und Holz holen." Alle Leute holten Holz, brachten die Scheite auf den Schloßplatz, zündeten Feuer an, holten die Tochter des Wesirs und ihre Mutter und warfen sie ins Feuer; und er ließ sieben Nächte und sieben Tage ausrufen: „Niemand soll Feuer anzünden und niemand soll auf seine Kosten essen, sondern auf Kosten des Sohnes des Sultans."

III. Aus der Sammlung des Herausgebers.

34.

Es war eine — in den Tagen des Dreschens des Weizens ging diese Frau und nahm ein Sieb mit, um in ihm den Weizen zu schütteln. Während sie auf dem Wege ging, nachdem sie am Heiligen Georg vorbeigekommen war, gelangte sie zum Ka‘k‘ōta-Felsen. Da fiel das Sieb aus ihrer Hand und rollte in die Gärten unterhalb des Ka‘k‘ōta-Felsens. Es ist unten ein Felsen,

wo das Sieb hinrollte. Es lief weiter, da öffnete sich eine Höhle
unter dem Felsen, und das Sieb lief hinein in die Höhle. Die
Frau folgte ihm und ging hinter ihm hinein; und als sie hineinging, sah sie in der Höhle Gold und Schätze. Da fürchtete sie
sich, hob das Sieb auf und ging hinaus und ging nach den
Tennen und erzählte es ihnen (den Leuten). Sie sagten zu ihr:
„Geh, zeige uns den Weg." Die Frau ging nach der Höhle, sie
und ihr Mann, und fand die Höhle verschwunden.

35.

Es gibt (ein Tier namens) Rabōṣa, klein, von der Größe einer
Katze, und dieses Rabōṣa bewacht Schätze. Es kommt zu einem
Menschen und schläft auf seinem Rücken schwer, schwerer als ein
Mensch. Der Mensch, der unter ihm schläft, wacht auf und findet
etwas Schweres auf sich. Er fürchtet sich vor ihm und sagt:
„Was ist das, das auf mir ist?" Wenn einer mutig ist, hält er
es vorsichtig fest, hält es an seinem Ohr fest und sagt zu ihm:
„Wo ist der Schatz?" Das Rabōṣa erwidert: „Im Hintern des
Esels." Er sagt noch einmal so, und es gibt ihm eine Antwort,
wie diese Antwort. Dann kneipt er es in sein Ohr, und es sagt
zu ihm: „Nimm ein Gefäß mit und folge mir!"

Einmal schlief meine Großmutter, da kam dieses Rabōṣa und
setzte sich auf den Rücken der Bettdecke. Meine Großmutter erwachte und fand etwas Schweres; sie sagte: „Was ist das?" Sie
sah auf dem Rücken der Bettdecke nach und fand, daß es ein
Rabōṣa war. Sie stand vorsichtig auf, hielt es an seinem Ohr fest
und sagte zu ihm: „Wo ist der Schatz?" Es sagte zu ihr: „Im
Hintern des Esels." Sie knipp es noch einmal in sein Ohr und
sagte zu ihm: „Wo ist der Schatz?" Es sagte: „Nimm ein Gefäß mit und folge mir!" Sie stand auf. So sehr sie aber die
Satteltasche suchte, fand sie sie nicht. Sie ging zu den Kappušū
und sagte zu ihnen: „Borgt uns eure Satteltasche eine Weile."
Sie sagten zu ihr: „Eben hat sie unser Sohn Georg aufs Land
mitgenommen." Sie ging fort und ging zu den Bauṇabīẓ und
sagte zu ihnen: „Gebt, borgt uns eure Satteltasche." Sie sagten
zu ihr: „Eben war sie hier, da sind die Qamar gekommen und
haben sie mitgenommen; sie sind zu den Ṭīna gegangen, um sie
ihnen zu bringen." Sie sagte zu ihnen: „Wozu all dies Gerede?
Ist sie da, so gebt sie uns, und ist sie nicht da, so ohne viel Gerede." Da sagte die Frau des Dēba Bauṇabīẓ zu ihr: „Die Qamar
haben sie mitgenommen." Da ging sie fort und ging nach Hause,
und das Rabōṣa hielt sie immer noch an seinem Ohre fest. Sie
gelangte zur Haustür und sagte: „Woher wollen wir eine Satteltasche bekommen?" Während sie in die Haustür hineinging,
sah sie die Satteltasche vor sich. Sie sagte bei sich: „Wer hat
die Satteltasche weggenommen und wiedergebracht?" Sie sagte:

„Vielleicht haben die Ǧinn sie entliehen und jetzt wiedergebracht."
Sie hob die Satteltasche auf und sagte: „Wo wollen wir gehen?"
Das Rabōṣa sagte zu ihr: „Hier." Es machte sich auf und zeigte
ihr den Weg. Sie gelangten zu der Öffnung einer Höhle. Während
sie den Schlüssel herausholte, um die Tür zu öffnen, entschlüpfte
ihr das Rabōṣa aus ihrer Hand und lief weg. Sie ging ärgerlich
wieder nach Hause und sagte: „Ach, hätte ich die Tür aufgemacht
und wäre mit dem Rabōṣa hineingegangen, wieviel Schätze hätte
ich da mitgebracht! Aber es war mir nicht bestimmt."

36.

Willst du, daß ich dir die Geschichte mit dem Lügenschatz
erzähle?

Es kam in den Ort ein Maġribiner namens abu l-Qāsim und
nahm Wohnung bei einem namens Ḥanne Rō'ja[1], und sagte den
Leuten wahr und nahm ihnen das Geld weg, und alles war Lug
und Trug. Dann sagte er zu dem Ḥanne Rō'ja, bei dem er wohnte:
„Verkaufe deinen Esel, und wir, ich und du, wollen nach Damaskus
hinuntergehen und Räucherwerk holen, um Schätze zu heben, mir
und dir zur Hälfte." Ḥanne Rō'ja hörte auf den abu l-Qāsim, verkaufte seinen Esel und brachte es (das Geld) dem abu l-Qāsim.
Abu l-Qāsim holte Räucherwerk und ging, er und Ḥanne Rō'ja und
Ibrāhīm Beḫīl, und sie stiegen um 3 Uhr nachts nach der Schlucht
hinauf, die vom Kloster der Berikta (der Heiligen Thekla) herunter-
kommt. Die Leute hatten (das Vorhaben) des abu l-Qāsim und
Ḥanne Rō'ja und Ibrāhīm Beḫīl gemerkt und folgten ihnen nach
der Schlucht. Dort seit alters eine erdige Stelle. Da sagte
abu l-Qāsim zu den Leuten, die mit ihm waren: „Grabt an dieser
Stelle und schafft die Erde heraus, damit der Schatz zum Vorschein kommt!" Sie fingen an der Stelle mit Graben an, und das
ganze Dorf merkte es. Dann fürchteten sich die Leute und verließen sie und gingen fort. Darauf stiegen die Ortsvorsteher,
Ḥamūd Dijāb und Ibrāhīm el-Ḥāǧǧ und Jūsif Būlos und Dib Ḥabib
hinauf und untersuchten die Stelle, sie und die Pfarrer; und die
Vorsteher kehrten in ihre Häuser zurück und versammelten sich
und schickten nach abu l-Qāsim und den Männern, die an der Stelle
gegraben hatten, und sagten zu ihnen: „Entweder ihr gebt uns
zwei *mudd* Gold, oder wir beklagen uns bei der Regierung." Da
fürchtete sich abu l-Qāsim vor der Regierung und floh bei Nacht
und ging fort. Und die Männer, die den Schatz ausgegraben hatten,
bezahlten je $3^{1}/_{2}$ *meǧīdi*, und Ḥanne Rō'ja hatte seinen Esel ein-
gebüßt. So geht es allen, die den Wahrsagern trauen, den ver-
logenen.

---

[1] Ḭabja er-Rā'i.

37.

Es war eine Näherin, die nähte; sie holte die Nadel und nähte. Sie wollte den Fingerhut holen, fand ihn aber nicht. Da ging sie zu ihrer Nachbarin und sagte zu ihr: „Borge mir deinen Fingerhut eine Weile!" Sie sagte: „Wozu brauchst du ihn?" Sie sagte: „Ich nähe ein wenig, ich will ihn an meinen Finger stecken." Sie sagte: „Ich will mit ihm arbeiten." Sie sagte: „Ich bringe ihn gleich wieder." Sie sagte: „Nimm ihn;" sie sagte: „Komm, ich will dir etwas sagen: Jedesmal, wenn du mit deiner Arbeit fertig bist, steh auf und lege jedes Ding an seinen Platz, dann wirst du es finden." Sie sagte: „Ja." Sie ging fort, um zu nähen. Sie nähte und wurde fertig und sah nach dem Fingerhut, fand ihn aber nicht. Sie ging zu ihrer Nachbarin und sagte zu ihr: „Der Fingerhut ist verloren gegangen, und ich schäme mich, zu kommen und es dir zu sagen." Sie sagte: „Das macht nichts; aber komm her, ich will dir etwas sagen: Wer eine Gewohnheit hat, wird sie nicht wieder los. Du brauchst jeden Tag einen Fingerhut. Dein Verdienst reicht kaum aus für die Kosten der Fingerhüte."

38.

Es ist ein Laden am Platz, und dieser Laden gehört dem Georg Ṭabīb. Am Tage des Festes belustigten sich die Leute beim Fest. Ein muhammedanisches Haus liegt an dem Platz, und dieses Haus gehört den Ḥusēn Ḥaṭīb (Prediger). Ḥusēn Ḥaṭīb und ʽUmar machten sich auf und stiegen von den Dächern auf der anderen Seite hinab und öffneten die Tür vom Hofe aus und gingen in den Laden und plünderten ihn. Sie schnürten die Waren mit Stricken zusammen und trugen sie nach dem Haus des Ḥusēn Ḥaṭīb und gingen fort. Am nächsten Tage kam Georg Ṭabīb zum Laden und sah, daß er ausgeplündert war. Die Leute erfuhren es und kamen auf den Platz, und die Vorsteher kamen und sagten: „Wir wollen die jungen Burschen holen und von der Ostseite (des Ortes) aus nachsehen (Haussuchung halten), bis wir nach der Westseite gelangen." Die jungen Burschen, sie und die Vorsteher, sahen nach und gelangten nach der Westseite, stiegen zum Hause des Ḥusēn Ḥaṭīb hinauf, suchten im Haus und fanden die Waren in Lasten verschnürt. Da trugen sie sie fort und kamen im Aufzug daher und sangen:

[1]„Komm und sieh, o abū Ḥabīb, wir bringen das Gestohlene
von Ḥusēn Ḥaṭīb.
Ich verstehe dieses Handwerk von meinem Vater und meinem
Großvater und meinen Ahnen her."

Und: „Herbei und sieh, o abū Ḥabīb, wir bringen die Waren von
ʽUmar und Ḥusēn Ḥaṭīb."[1]

[1] arabische Verse.

39.

Woher bist du? — Ich bin aus Maʻlūla. — Womit beschäftigst du dich? — Ich bin Schullehrer. — Seit wann unterrichtest du Kinder? — Seit 10 Jahren. — Wieviel Kinder sind bei dir in der Schule? — Ungefähr 60 Kinder. — Worin unterrichtest du sie? — Ich unterrichte sie im Arabischen und Russischen. — Wieviel Gehalt bekommst du monatlich? — Ich bekomme $3^1/_2$ französische Goldstücke. — In wieviel Monaten wird dich der Schuldirektor besuchen? — Alle drei Monate kommt er einmal. — Wann ist bei euch der Anfang der Ferien für die Schulen? — Bei den Russen (d. h. Griechisch-Orthodoxen) Anfang Āb (August). — Wann beginnt die Schule nach den Ferien? — Anfang Elūl (September).

40.

Guten Morgen, mein Herr! — Hundert(mal) guten Morgen! — Wann bist du von Damaskus gekommen? — Am Sonnabend um $7^1/_2$ Uhr sind wir von Damaskus aufgebrochen und um $4^1/_2$ Uhr nachts in Maʻlūla angekommen. — Gott sei Dank, wohlbehalten! — Wieviel Seelen gibt es in diesem Ort? — Es gibt 1000 Männer, kleine und große, und 900 Frauen, große und kleine. — Gibt es in diesem Ort Muhammedaner? — Es gibt welche. — Auf wieviel beläuft sich ihre Zahl? — Auf 100 Menschen, Männer und Frauen zusammen. — Haben sie eine Moschee, um in ihr zu beten? — Ja, sie haben eine. — Wieviel Kirchen gibt es in diesem Ort? — Es gibt zwei Kirchen, eine den Okzidentalen und eine den Orientalen gehörig. Die Kirche der Okzidentalen trägt den Namen des Heiligen Laurentius und die Kirche der Orientalen den des Heiligen Elias. — Gibt es im Ort Klöster? — Es gibt zwei Klöster, das Kloster der Berikṯa (der Heiligen Thekla) den Orientalen und das Kloster des Heiligen Sergius den Okzidentalen gehörig. — Was wird in deinem Ort angebaut? — Weizen und Gerste und Hülsenfrüchte — Wicken und Linsen — und Mais. — Welches sind die Fruchtbäume eures Ortes? — Nüsse und Aprikosen und Granatäpfel und Pflaumen und Äpfel und Birnen und Wein und Feigen und Mandeln und Pistazien und Maulbeeren. Wieviel Tage wirst du bei uns bleiben? — Ich will 5 oder 6 Tage (bleiben). — Wohin willst du dann gehen? — Ich will nach Ġubbʻadīn gehen, um zu sehen, wie sie syrisch sprechen, und dann will ich nach Baḫʻa gehen, um zu sehen, wie die Leute von Baḫʻa syrisch sprechen. — Wohin willst du dann gehen? — Ich will im Land reisen und es mir ansehen und sehen, womit seine Bewohner sich beschäftigen. Dann werde ich nach Damaskus zurückkehren. — Entschuldige, ich habe dich lange belästigt. — Im Gegenteil! Lebe wohl: ich will gehen. — Laß dir's gut gehen! Gott helfe dir und sei mit dir!

41.

Was hast du heute gemacht? — Ich bin früh aufgestanden, habe gefrühstückt, und um 3½ Uhr bin ich nach Ǵubb-ʿAdīn gegangen, ich und ʿAbdallāh el-Muʿallim. Wir kamen um 4½ Uhr an und stiegen bei dem Ortsversteher namens ʿIjāś ibn Aḥmed Durra ab. Der Mann nahm uns auf und setzte uns ein Frühstück vor, und wir tranken Kaffee. Nach einer Weile machten wir uns auf, wir und er, und er führte uns zu den Höhlen, die aus alter Zeit in ihrem Dorf sind. Aber — das heißt — sie sind eine sehr schöne Sehenswürdigkeit. Aber es wehte starker Wind, (stark genug, um) ein *raṭl* aufzuheben; und schließlich riß er mir den Hut von meinem Kopfe. Das erste Mal fing ich ihn wieder: das zweite Mal riß der Wind mir wieder meinen Hut weg, und ich wußte nicht mehr, wohin er geflogen war. Ich wunderte mich und ärgerte mich sehr über ihn, weil ich keinen andern hatte, und in Ǵubbʿadīn macht man keine Hüte, daß ich mir einen hätte kaufen können; kein Mensch webt welche. Dann schickte ich den ʿAbdallāh, und er suchte ihn in einem Tal nach dem andern und auf einem Berg nach dem andern, bis er ihn an der Stelle fand, die Žūr (die Schlucht) Žeffa heißt. Er brachte ihn und kam zu mir, und als ich ihn sah, hatte er meinen Hut in seiner Hand. Mein Herz füllte sich mit Freude; ich setzte ihn auf, und wir kehrten zum Haus des Ortsvorstehers zurück. Dann nahmen wir von dem Herrn des Hauses Abschied, bestiegen die Pferde und wandten uns nach Maʿlūla, direkt nach dem Kloster des Heiligen Sergius. Wir aßen oben im Kloster zu Mittag und stiegen dann von dem Kloster in die Pflanzungen hinab. Wir sahen, wie die Leute eine Schaukel aufgehängt hatten und sangen und oben saßen; je zwei zusammen, eine Frau und ein Mann, oder ein Mädchen und ein Bursche, hielten sich mit den Beinen an einander fest und faßten das Seil an, und zwei schaukelten sie. Es war aber ein sehr schönes Bild, wie sie sich mit den Beinen festhielten. Dann stiegen wir von den Pflanzungen hinauf und kehrten in der russischen Schule bei dem Lehrer Ḥabīb Ṭannūṣ ein. Wir fanden ihn gerade beim Unterricht der Kinder und saßen ungefähr eine halbe Stunde bei ihm. Dann nahmen wir Abschied von ihm und gingen aus der Schule weg zum Kloster des Heiligen Sergius.

42.

Heute will ich Pulversalz (Salpeter) kaufen für das Fest des Heiligen Sergius. Ich stoße es auf dem Pulpel und mache Pulver daraus und fülle es in ein Gefäß und trage es hinunter in unser Haus, breite es in der Sonne aus und trockne es; dann fülle ich es ein und hebe es auf für das Fest des Heiligen Sergius. Und am Fest des Heiligen Sergius fülle ich die Pulverhörner und die Tasche und lasse einen Jungen sie tragen, und ich gehe und nehme die Doppelflinte, und er trägt das Pulver. Wenn wir zum Heiligen Sergius kommen, lade ich die Doppelflinte und schieße Schuß auf Schuß los; ich lade (nur) die eine Hälfte (des Pulvers). Wenn wir dann auf der Ostseite hinuntersteigen, werfen wir uns gegenüber der Berikṯa (der Heiligen Thekla) nieder und rufen. Dann stehen wir wieder auf und gehen nach Ḥalōṣa, unsere Waffen alle geladen bereit haltend. Wenn wir nach Ḥalōṣa kommen, entleeren wir sie und schießen sie los, und der Felsen und der Ort hallen davon wieder. Dann gehen wir in die Gärten und beginnen den Reigen, und beginnen den Reigen zu tanzen und zu singen; dann geht jedweder nach Hause.

Druck von G. Kreysing in Leipzig.